Fan
ファン文庫

魔女ラーラと私とハーブティー

著　国沢裕

JN242061

マイナビ出版

Contents

Witch rara and me
and herb tea

Yuu Kunizawa
Presents

-第一章-

Witch rara and me
and herb tea

魔女が町にやってきた

「もう！　どういうことよ！」

二ノ宮《にのみや》あかりは、思わず声をあげた。

「発売してから、まだ一週間も経っていないのに。もう本屋にないなんて」

学校帰り、楽しみにしていた文庫を買いに行ったのに、書店で目的の本を手にすることができなかったのだ。頭にきて、あかりは歩道の端に転がっていた小石を爪先で蹴る。

あかりのローファーに蹴飛ばされた小石は、当たりどころがイマイチだったのだろうか。下り道なのに思った方向には飛ばず、道路わきの溝へと姿を消した。

「え〜。小石まで、わたしをバカにして……」

些細《ささい》なことだったが、今日のあかりには、さらなるダメージを与える。そして、この日何度目かになる大きなため息をついた。

悔しいので、次に蹴飛ばせるような小石を探して視線をさまよわせる。だが、ちょっと見回したところには、手ごろな石が見当たらない。

もうお手上げとばかりに、あかりは九月の空を仰いだ。

「もう。本当、朝からツイてない……」

今朝はまず、電池切れらしく目覚まし時計が止まっていた。朝食も食べずに、いつもゆっくり歩いて通う道を突っ走り、上り坂の先にある高校へたどり着いて遅刻寸前で教室に滑り込んだが、その日に提出するプリントを家に忘れてきた。

苦手な英語の授業では教科書読みを当てられ、数学の授業ではノートがカバンに入っていなかった。お昼休みのお弁当のあとには、ココアを飲むのを楽しみにしていたのに、食堂前に置かれていた自動販売機には売り切れの文字だ。

「真波《まなみ》。わたしは今日、全然ツイていないわ」

教室の窓際の後ろから二番目にある自分の席まで戻ってくると、あかりはそう呟いて、上半身を投げ出すように机の上へ突っ伏した。

「そんな日もあるって」

井手《いで》真波は、机にぐったりともたれかかるあかりの前の席で、眼鏡の奥に苦笑いのような笑みを浮かべ、相槌を打つ。そして、窓から射しこむ陽が眩しかったのか、影を作るように片手をかざした。

あかりは、クラスの中では真波と一番仲がいい。高校に入学して同じクラスになり、身長順に並んだときに前後になって話をしたのをきっかけに、ずっと一緒にいる。

今は九月半ばで真波とはまだ数ヵ月の付き合いなのだが、ずっと昔から親友だったような気がするほど、そばにいて居心地がいいのだ。

さっぱりとしたショートカットで髪には手間をかけないあかりに対して、真波は漆黒の長い髪の手入れに余念がない。

中学までは、きっちりと三つ編みにしていたそうだが、高校では体育の授業のときにゴムで結ぶ以外では、風に煽《あお》られるままにさらさらとなびかせている。

どうやら中学時代は校則が厳しく、長い髪は必ず三つ編みにしなければならなかったようだ。真波いわく、結わずになびくロングヘアーは、高校デビューというものらしい。


あかりは伏せた机から顔だけ起こし、上目づかいで親友を見た。

「これはきっと、甘みと幸せが足りていないせいかも。ツキを回復させるために、今日は学校帰りのクレープを所望《しょもう》する」

バイトもしていない高校生の、月々のお小遣いには限度がある。それでも、たまに下校途中にあるクレープ屋に寄っては、あかりと真波は、ささやかな買い食いを楽しんでいた。クレープ屋は、そんな高校生向けに、お手頃価格の商品も扱っている。

「あ〜っと。ごめん」

真波は、あかりの同意を求める目から逃れるように、ゆっくりと視線を逸らした。

「今日の放課後も、部活があるんやわ。ごめんね、あかり」

「部活かあ……」

あかりは、小さく呟く。そのまま顔を伏せると、机に額をぐりぐりと押しつけた。真面目に部活動をこなす真波に、それをサボって一緒に帰ろうと無理強いはできない。

「そっか。だったら今日はひとりで帰るよ」

「ごめんな」

「謝らなくっていいって。ああ、そういえば欲しい本があるから、今日はゆっくり本屋さんに寄ることにするよ」

欲しい本があったのは嘘じゃない。

ただ、今日じゃなくてもよかったのだけれど、真波がクレープ屋に付き合ってくれないなら、行ってみようかと思っただけだ。

「そっかあ……。わたしも探している本があってな、部活がなければ、一緒に本屋さんへ寄りたいんやけど」

「今度、部活のない日に一緒に行こうよ」

本当に残念そうな顔をする真波に向かって、あかりはヘラリと笑って言った。

ところが、あかりが本屋さんへ行くと、欲しかったファンタジー小説が見当たらない。

発売日を少し過ぎていたためか、もう置いていなかったのだ。

「ツイてない」

少し遠回りしなければ寄ることのできない書店の帰り道、あかりはポツリと口にする。不満をぶつけるように、目についた小石を蹴った。

そして、その小石にさえも、どうやらあかりはきらわれたらしい。

「あ～あ。これなら部活が終わるまで、教室で朝の読書用に持ってきていた本を読みながら、真波を待っていたほうがよかったかも」

そこまで考えたあかりは、すぐに小さく首を横に振った。

「いや、ないない。学校からまっすぐ家に帰ればよかったんだ」

今日のすべての行動がツイていない気がして、残念な気持ちになったあかりは、雲ひとつない空を見上げながら呟いた。


あかりと真波は、入学して最初に選ばなければならない部活動も、ふたりで申し合わせたように図書部を選択した。ジャンルを問わず、ふたりとも本を読むことが好きだったからだ。

だが、すぐに、あかりだけが退部した。

入部して間もなく、図書部が本を読むだけではなく、校区内にある児童館で読み聞かせのボランティア活動をしていることが判明したのが理由だ。

「うわ、面倒くさそう……」

読み聞かせの話を聞いたとたんに、あかりは無意識に呟いた。

素直で本音を口にできるところは、あかりの美点である。だが、まだ親しい関係が築けていない上級生の前での発言としては、あまり相応しくない。

そのあかりの呟きは、その場にいる全員の耳に届くのに十分な音量があった。

あかりはいつも母親に、勉強にしろ家の手伝いにしろ、できることは自分でなんでもさっさとやりなさいと叱られることが多い。

面倒くさいことは後回しにしてしまうあかりが、見ず知らずの小さい子どものために、休日や放課後を返上して準備をし、わざわざ出向いて読み聞かせをする。そのあと、部に戻ってから先輩を交えた反省会まで行う。そのすべてが、自分の時間をどんどん侵食してしまう気がして、とてもあかりには耐えられそうになかった。

よけいなことは極力したくないという無気力な性格が災いして、夏休みを待たずに、あかりは担任に退部届を提出し、部活動からドロップアウトしていた。

それからは、新しい部活を選ぶこともなく、帰宅部を続けている。

「空は晴れ渡って気持ちよくても、ツイていないことだらけで、わたしの心の中はどんよりと曇っているよ」

その場に立ち尽くしていたあかりは、誰に伝えるでもなく呟く。そして、左肩にかけていた大きなカバンを、よいしょとかけなおした。

とたんに、遠く背後から、小さな悲鳴が聞こえてくる。

その声に、あかりはビクッと体を震わせて振り向いた。

小さくてオレンジの色鮮やかな物体が、弾むように飛び跳ねながらいくつも坂道を転がり落ちてくるのが、あかりの視界に入った。

「え？　なに？　オレンジ？　みかん？」

混乱しながらも、あかりは無意識に一歩踏みだして屈み、一番近くに転がってきた果実に右手を伸ばす。どうにか片手でキャッチしたあと、続けて別のほうへ左手を伸ばして、さらにもうひとつを受け止めた。

だが、その瞬間に、左肩にかけていたあかりのカバンの取っ手が滑り落ちる。口が甘かったフタが開いて、防ぐ間もなく中身の教科書が路上にぶちまけられた。

あかりは、思考停止したように固まる。

やがて、ヘタリと座り込んで頭を両腕で抱え込んだ。

「――マジか。本当、今日はツイてない……」

不運の連続に、泣き出したいような気持ちになり、あかりは大きな息を吐いた。

「拾ってくれてありがとうね！」

次の瞬間、あかりに向かって、ハスキーだけれどもよく通る声がかけられた。

思わず顔をあげると、あかりのすぐそばに、大きな紙袋を抱えた人が立っている。顔全体に笑みを浮かべたその人物は、軽やかにしゃがみ込み、あかりの目を覗き込んだ。

「あ〜。あなたの荷物をばらまいちゃったわね。ごめんなさいね。すぐに拾うわ」

その勢いに気圧《けお》されるように、あかりは小さな声で言う。

「――いえ」

あかりは、両手に果実を掴んでいたことを思い出し、おずおずと相手に差し出した。

ぱっちりとした二重で切れ長の大きな眼、ゆるく弧を描く大きな口。無造作に背中へ
と伸びるウエーブのかかった長いチョコレート色の髪。

手脚が長く、バランスのいい細身の体は、ゆったりとしたシルエットの白いコットン
シャツと、スリムなデニム生地のジーンズに包まれている。

――うわっ、きれいな女性《ひと》……。

突然現れた美しい女性をぽかんと眺めているあかりの両手から、二十代半ばぐらいに見えるその人は果実を受け取ると、紙袋に入れて今度はこぼれないように口を折り曲げてふさいだ。

そして紙袋を道路にそっとおろすと、てきぱきとあかりの教科書やノートを拾いだす。その勢いにつられるように、慌ててあかりも、自分の持ち物を集め始めた。

「すみません。手伝ってもらっちゃって……」

「いえいえ。原因は、私がグレープフルーツを転がしちゃったせいだものね。こちらこそ、お手数をおかけいたしました」

そう一気に口にすると、唇の両端をあげて白い歯を見せながら、ニヒヒと声をあげた。あかりは、その笑い方と容姿とのギャップに面食らう。

たしかに、親しみやすそうな笑顔とさばさばとした口調なのだが、その顔立ちは端整で彫りが深く、平坦なイメージの日本人らしかぬ印象をあかりに与える。

あかりは教科書を集めながらも、魅惑的な女性が気になってチラチラと盗み見た。どこかしら謎めいた、不思議な雰囲気をまとう人だ。知らぬ間に、視線を引きつけられてしまっている。

そんなあかりに、女性は拾い終わったすべての教科書とノートを、きっちり向きを揃えて差し出した。

「はい、どうぞ。教科書、たくさん持ち歩いているから重そうね。学生のあいだは、いっぱい勉強をしなきゃいけないから大変だ」

そう言いながら、ニッと笑う。あかりもつられるように苦笑いを浮かべて、ずっしりと重い教科書を受け取った。

あかりがカバンに詰めなおして立ちあがると、女性も紙袋を持ちあげる。どれだけたくさんのグレープフルーツを詰め込んでいるのか、あかりのカバンと同じようにパンパンにふくらんでいる。だが、あかりと違って、女性はあまり重さを感じていないようだ。

立ちあがった女性と並んだことで、あかりは気がついた。

この人、自分より二十センチほども背が高い。流暢に日本語を話すけれど、この体格のよさと顔立ちを考えたら、やっぱり外国の人なのではなかろうか。この容貌って、どこの国だろう？

そんな不躾《ぶしつけ》ともいえるあかりの視線に気がついたのだろうか。女性は照れたような顔をして、紙袋を少し持ちあげてみせる。

「散歩中に果物屋さんで見かけたグレープフルーツが、とっても瑞々《みずみず》しくておいしそうに見えちゃったの。ついついたくさん買っちゃったわ」

「え？　あ、そうなんですか」

ジッと見つめすぎた非礼に気づいたあかりは、慌てて視線をはずして相槌を打つ。それ以上話すこともないので、それじゃあわたしはここで、と挨拶をしてから、あかりは体の向きを変えた。帰路に就くべく坂道を下り始める。

すると女性は、歩きだしたあかりのあとを追い、そのまま当然のように、あかりの横に肩を並べる。そして、親しげに話しかけてきた。

「ねえ、どうしたの？　ずいぶんと楽しくなさそうな顔をしているわ。眉間にこう、ぎゅーっとしわが寄っているわよ」

「――楽しいことなんて、別にないし」

聞かれたことは、ついつい答えてしまう、そういうところは素直なあかりだ。

「今日は、全然ツイていない日なんだもの。友だちとクレープを食べに行きたかったのに、用事があるからって断られてしまったし……」

初対面の人に、さすがにこれ以上グチるわけにはいかないと気がついて、あかりの声は、尻すぼみに小さくなった。

「ツイていないだなんて、そんなこと言わないで。たとえば、そうね……」

少し考える顔をしたあと、おもむろに女性は紙袋を右腕でがっしりと抱えなおす。そして左手をあげると、あかりの右肩に手のひらを載せた。力強く、ぎゅっと揉む。

「あなた、ずいぶん肩が硬いわ。首の根もとや肩が重く感じているんじゃない？」

「え？　あ、うん、まあ……」

あかりは小さく頷いた。

机に向かっての勉強はそれほど一生懸命にはしていない。だが、よく俯いて本を読んでいるために、以前から肩凝りに悩まされている。

楽しくない顔をしているということから、どうして肩の話になるのか、あかりにはわからなかった。初対面の人に肩凝りを心配される筋合いはないと思いつつ、それがどうしたと言わんばかりに、あかりは女性の顔をチラリと見る。

とたんに、女性からニッと笑い返された。

「簡単な肩凝りの解消法、あるわよ」

「え？　簡単な？」

不精なあかりとしては、簡単なことほどうれしいものはない。

半信半疑の表情で聞き返すと、女性は大きく頷いた。

「上を向けばいいのよ。下を向くと、それだけで首の筋肉に負担をかけるから」

「え……？　なぁんだ。上を向くだけでいいって……。本当にそんなことだけで、肩凝りが解消するのかな。でも、それって普通に生活してたら難しいんじゃないかな」

「そんなことないわよ。ほら、いま道を歩いているときでも、自然に足もとばかりを見ているじゃない？　顔をあげて前を向いて歩くの。そうすれば、肩凝りもすっきり、気持ちも上向いて晴れやかよ」

女性は朗らかに言うと、頭上に広がる青空のような爽やかな笑みを浮かべてみせた。

能天気な女性の言葉に反論するように、あかりはポツリと呟く。

「ずいぶん簡単に言うけど……。本を読むときは、ずっと顔を上にあげてなんかいられないじゃない」

その小さな声が聞こえていたらしく、女性はパッと顔をあかりに向けて続けた。

「なんでも方法次第よ。あなた、本を読むのが好きなのね。膝の上に本を置いて読んでいるのなら、本を持った手を机の上に載せて読めばいいわ。その上で椅子を低くすれば、いやでも視線が上に向くわよ」

「あ、なるほど！　そうか……椅子を下げるのか」

そのくらいなら、いつも椅子の高さを低くしておけばすむことだ。

納得の表情になったあかりに、さらに女性は畳みかける。

「ねえ、なんでもポジティブに考えてみない？　たとえば、あなたは友人とクレープを食べに行きたかったかもしれないけれど、それが叶わなかったから、ここで私と出会うことができたの。そう思えば、どんなことでもすてきで楽しいことになるでしょう？」

「はあ……」

女性の明るいパワーに圧倒されそうになりながら、あかりは、なんて能天気な人だと思う。どうやらこの女性は、マイナスをすべてプラスに変えたいタイプらしい。

顔やスタイルなど容姿がすてきな女性は、自分に自信があるから考え方も前向きになれていいけど、自分は……と、あかりは考える。横に並んだ女性の脚は、ジーンズに包まれていても、自分と比べてすらりと長く形がよいとわかる。

でも、あかりには、この女性と出会ったことがすてきだの楽しいだの、本当にどうでもよかった。面倒くさがり屋なので、こんなふうにグイグイとくるタイプは、少々苦手だ。それに、どうせここで別れたら、二度と会うことはないだろう。

話すことがなくなったのであかりは黙っていたが、女性はそれにはかまわず、楽し気な表情で歩いている。

家に帰ったらすることもないので、図書室から借りてきた本の続きを読もうと、あかりは考えていた。数学の宿題は出ているが、夕食のあと三十分ほどで終わるだろう。

それにしても、この女性はどこまで、あかりについてくるつもりなのだろう？

そうこうしているうちに、静かな住宅街の一角にある、あかりの自宅が見えてきた。

そこにはあかりと両親、そして母方の祖母が同居していた。祖母の前の代から受け継いでいる土地で、敷地は広い。家自体は、あかりが小学校にあがるころに建て直しをして、現在はクリーム色の壁を持つ二階建てになっている。

その家の近くまで来ても、女性は、相変わらずあかりの隣を歩いている。

あかりとしては、そろそろ女性と別れたかった。このご時世、見知らぬ他人に自宅の場所など知られたくない。

次第に居心地悪く感じてきたあかりは、やがて、自宅前に立つ母親の姿を見つけてホッとする。そして、ほぼ同時に、母親もあかりに気がついたようだ。あかりに向かって、片手をあげて振ってみせる。

「おかえり、あかり」

たちまちあかりは恥ずかしくなった。母親は家の前の掃除をしていたらしい。片手にほうきを持ったまま手を振るその姿を、隣の女性はどう思うだろうかと考えたからだ。

ところが、あかりの母親は女性のほうに視線を向けると、そちらにも満面の笑みを浮かべて言ったのだ。

「あら、こんにちは。お出かけですか？」

「え？　知り合い……？」

思わず、あかりの口から驚きの声がもれる。

すると、母親が得意げに言う。

「あかり、こちらは今日、お隣に越していらしたのよ。この子は、あかり。ウチのひとり娘で高校一年生なんです」

女性に勝手にあかりを紹介する母親の顔と、グレープフルーツを抱えた女性の顔を、あかりは口をあんぐりとさせたまま交互に見る。

これは、どういうこと？

え？　もしかして、この人、わたしが隣に住んでいるって知っていたの？

知っていたから、ここまで一緒に歩いてきたの？

「渡羅羅《わたりらら》です。私のことは、〝魔女のラーラ〟と呼んで。よろしくね、あかり」

言葉を失っているあかりに向かって、女性は悪戯《いたずら》めいた笑みを浮かべると、ニヒヒと笑い声をたてる。そして、紙袋の中に無造作に片手を突っ込み、お近づきの印とばかりに、あかりにグレープフルーツをひとつ、押しつけるように手渡した。

「ほら。あなたと私の出会いは、ただ誰かに紹介されるよりも面白いし、印象に残ったんじゃないかしら？　これからも仲よくしましょうね、あかり」

ラーラの顔をまじまじと見つめながら、この人は今なんて言ったのだろうかと、あかりはぼんやり考える。

――こんなにいまどきの容姿と行動で。

魔女って聞こえたんだけど、ひょっとして聞き間違い？

◇◇◇

「そうか。あのお化け屋敷に越してきた人なんだ」

自室で部屋着に着替え、リビングの椅子に座ったあかりは呟いた。

「こら。そんな人聞きの悪いこと、お隣さんに言っちゃダメよ」

「でもさあ。お隣さんって、ひとり暮らしなんでしょ。あの荒れた広い家にひとりだけって、どうするんだろう？」

「入居前のリフォームもなしに、急に引っ越してきたようだから、掃除以前に住めるようにするための修理が大変よ」

あかりと母親は、似たような表情で頷きあう。

母親は、お化け屋敷と言ったあかりを口ではたしなめたが、事実隣の家は、そう言われても仕方がないほどひどく荒れた家なのだ。

グレープフルーツを洗ったあと、横半分に切ってガラスのフルーツ皿に載せた母親が、スプーンを添えて運んできた。あかりと祖母の前に、ひと皿ずつ置く。

グレープフルーツは、高血圧の薬を飲んでいると食べてはいけないそうだが、祖母は年齢のわりには薬とは無縁で、腰の伸びた元気なおばあちゃんだ。

せっかくのいただき物なので、あかりはおやつタイムにグレープフルーツを食べてから、予定していた読書をしようと考えていた。

半分に切られたグレープフルーツの薄皮と赤い実の隙間に、あかりはそっと慎重にスプーンを差し込む。とたんに、瑞々しいフルーツの香りが弾けた。

あかりは、その果物の苦みのある爽やかな果汁を思い浮かべて、思わず唾を飲み込む。

そしてひと口含んで、ゆっくり味わった。


あかりの住む町は、兵庫県の神戸市。

最寄り駅には、阪神電車や阪急電車、ＪＲや神戸電鉄などの駅があり、非常に交通の便がいい。また、規模の大きい神戸新鮮市場やスーパーが徒歩圏にあり、少し足を延ばせば、神戸文化ホールや神戸市立中央図書館もあった。

家の裏手には会下山《えげやま》と呼ばれる小さな山があり、この山のふもとは、阪神・淡路大震災で大きな火災に見舞われたところだった。ただ、あかりは震災のあとに生まれたので、神戸復興については、昔から住んでいる両親から聞かされたことしか知らない。

今、あかりの目の前に広がるのは、復興後の穏やかな町の景色だ。

あかりの家は震災の大きな被害を免れ、その隣の家も無事だった。だが、あかりが小さいころに、隣家にひとりで住んでいた高齢の家主が亡くなった。家主の親戚は遠方にいたため、数年ばかり誰も住まないまま放置されていた。

その家は平屋の一軒家で、家の向こう側は広い空き地になっていて、子どもが入り込めないように針金で作られた柵が立てられていた。ぐるりと周囲を回ると、途中から高い塀が建てられ中が見えなくなっている。

その土地も隣の家と持ち主が同じであったためか、手入れがされずに、あかりよりも背の高い木や草が生い茂っていた。

それは長いあいだ、あかりを含めて、近所の小中学生たちから、お化け屋敷と呼ばれても仕方がないような有様だった。

治安が悪い、老朽化が激しいなど、空き家が問題になっているという話を、あかりも耳にしている。そんなときに、隣の家の借り手が決まったのだという。

それが、あのいまどきな風貌の、自称・魔女のラーラとは。

「あの人、自分で魔女って言っていたよね。魔女ってさ、黒い服やマントを着ていたり、鷲鼻《わしばな》の不気味なおばあさんだったりするんじゃないの？」

あかりは、つい思いついたことをつらつらと口にする。

そのとたんに、顔をしかめた母親から、メッと叱られた。

「そんなのつき合ってみなきゃどんな人か、まだわからないでしょう。いまの世の中、いろんな人がいるんだからね。魔女を自称しているからといって、悪い人とは限らないんだから、滅多なことを口にしたらいけません！　お隣さんになるんだから、気分を害されて関係が悪くなったら嫌でしょう？」

「はぁい」

あかりは、素直に返事をする。単純にこれ以上、母親に叱られたくないからだ。

あかりはグレープフルーツを食べ終わると、スプーンをお皿の上に置いた。そして、両手でグレープフルーツを皮ごと持ちあげると口をつけて、溜まっていた甘い汁を飲み干す。

「こら、あかり！　行儀が悪い！」

「いいじゃん、家の中だし。ご馳走さまでした！」

母親の長い小言が始まる前に立ちあがり、リビングから二階の自室を目指して、あかりはさっさと逃げだした。階段を軽快に駆けあがり、着いたあかりの部屋からは、隣の家の屋根や庭の一角が見下ろせた。

◇　◇　◇

「へぇ。そんな変わった人が、あかりの家の隣に越してきたんや」

「でしょ？　自称魔女よ、魔女。とってもいまどきな格好の」

次の日の昼休みを待ちかまえていたように、あかりは真波に、ラーラとの出会いを話して聞かせた。あかりが朝からずっと昼休みを待ってウズウズしていたのは、短い休み時間では、言いたいことがうまく伝わらない気がしたからだ。

あかりの思ったとおりに、真波は興味を示した。

眼鏡の奥で、面白そうに眼を細める。

「ふふっ。どんな魔女なんやろね。勝手にひとりで妄想しているだけなんやろか」

「魔女なんて、いるわけないし」

「案外、仕事で占いなんかをしている人かもよ。それなら、自分のことを魔女って言いそうやしね」

「あ～。なるほどね」

のんびりとした真波の声を聞きながら、お弁当を食べ終えたあかりは、満腹になってとろりとした眠気を覚える。今日もいい天気で、窓際の席にはポカポカとした暖かい陽が射しているせいかもしれない。

まったくツイていなかった昨日と比べて、なんて今日は穏やかな日なのだろう！

そう思ったとたんに、あかりは背後から声をかけられた。

「なんや。おまえんちの隣のお化け屋敷に、誰か越してきたんか」

「え？　人の話を勝手に聞かないでよ。関係ないでしょ、拓馬《たくま》には」

幸せな時間を妨害されて、あかりはムッとした表情で振り向いた。そして、日に焼けた男子の顔を睨みつける。

沖《おき》拓馬は、あかりの幼馴染みだ。高校で出会った真波と違って、幼稚園から高校まで一緒である上に、今はクラスも同じ腐れ縁である。

あかりと違って活動的な拓馬は、中学、高校とサッカー部に所属し、放課後は毎日グラウンドを走り回っていた。

表情豊かで愛嬌ある顔立ちの彼は、クラスの女子の人気をそこそこ集めているらしい。そう教えてくれたのは真波だが、ただの口の悪い幼馴染みと認識しているあかりには、とうてい信じられない話だ。

「なんや、魔女が越してきたらしぃよ」

彼の反応を面白がって、真波がやんわりと言う。すると拓馬は、びっくりしたように両眉をあげた。

「あのお化け屋敷に魔女かよ！　おまえ、取って喰われんじゃねえの？」

「うるさいな。そんなわけないって」

あかりは面倒くさそうに拓馬に言い返す。

「どんな魔女なんや？　やっぱり大釜でイモリなんか煮込んでそうな老婆か？」

「違うって。どうでもいいでしょ。拓馬は関係ないんだから、あっち行ってよ」

あかりは、しっしっと手を振るようにして、拓馬を追い払う。

「ちぇ。ひとりで魔女の家なんかに行くなよ」

そう口にすると、拓馬はくるりとあかりに背を向け、教室の入り口で彼を呼ぶ友人のほうへ駆けていく。

その後ろ姿を目で追いかけて見送りながら、真波は、にまにまとした笑みを浮かべた。

おもむろに顔を寄せて、あかりにささやく。

「なんだかんだと言いながらも、拓馬はあかりのことが心配なんやね」

「拓馬に心配される理由なんてないよ」

ぽてっと机に突っ伏しながら、あかりは呟く。

そんなあかりの脳裏には、悪い魔女のようにニヒヒと笑うラーラの顔が浮かんでいた。


その日は授業で難しい問題を当てられることもなく、あかりは平穏に過ごした。

それから一週間ほど経ち、学校から帰宅して自室でゆったりとしたワンピース型の部屋着に着替えたあかりに、母親が声をかける。

「お隣に、おばあちゃんがおしゃべりに行っているのよ。長居は迷惑だろうから、迎えに行ってきてくれない？」

「え？　おばあちゃん、お隣に行ってるの？」

思わず聞き返したあかりに、母親は苦笑いを浮かべてみせる。

「それが、なんだか話が合うみたいで。お昼すぎに出かけていって、ずいぶん経っているから、そろそろ声をかけたほうがいいかと思って」

二十代半ばであろうラーラと八十近い祖母。年齢はかなり開いているのに、共通の話題なんてあるのだろうか。

　あかりは首を傾げながらも、母親に言われたとおり、玄関へ向かう。そして、近所に行くだけだからと、サンダルを履いて外に出た。

　だが、ラーラの家の前までやってきたあかりは、目の高さまである、ぴったりと閉じられた木製の両開き扉を前に立ち止まる。

　呼び鈴がない。だからと言って、扉を勝手に開けるのも気が引けた。

　しかも古い木製の扉は、動かすと軋んだ音をたてそうだ。

　仕方なく、あかりは背伸びをして、扉の向こうを覗こうとする。すると、タイミングよく内側から扉が開かれた。意外にも、あかりが心配していたような音は、扉からはしなかった。

「いらっしゃい。あかり」

　ラーラが、唇の両端をあげ、にこやかにあかりを出迎える。

「あの……。おばあちゃんがお邪魔しているようで……」

　あかりの言葉を聞いたラーラが頷いて、その体を横に移動させると、小柄な祖母がゆっくりと姿を見せた。

「あらあら、思いがけず長居をしてしまったようやわ」

「そんなことないわよ。とっても楽しくて、私としては、もっとたくさんお話をしたかったわ。また明日ね」

そう口にしたラーラは、いいことを思いついたとばかりに、パッとあかりに視線を向けた。とたんにあかりは、嫌な予感を覚える。

「そうだ。今度はあかりが、私のお茶に付き合ってくれないかしら」

「え……」

あかりは祖母を呼びに来ただけで、自分がラーラの家にお邪魔する気なんて、さらさらなかった。

「ああ、それはいいねえ」

なのに、祖母まで笑顔で同意する。

「わたしからお母さんに、次はあかりがしばらくお茶をしてくるって伝えておくから。ゆっくりしておいで」

「え～？」

あかりは思わず非難の声をあげるが、マイペースな祖母は、聞く耳を持たずに歩きだした。

こうなるとあかりは、にこにことうれしそうな笑みを浮かべるラーラを振り切ってまで祖母を追いかけることはできなくなる。そんなことをしたら、ご近所との人間関係が面倒くさくなりそうだからだ。

ちらりとあかりは、ラーラの顔をうかがう。これからお茶をともにする女性は、自分のことを魔女だと言っている女性だ。いまどきの小学生でもその存在を信じていないのに、いい大人が魔女だなんて、本気で言っているのだろうか。

あかりの視線の意味に気づいたらしく、ラーラは笑い飛ばすように声をたてた。

「いやだわ、あかり。なにも私はあなたを取って喰いやしないわよ。毒リンゴを食べさせるような童話の悪い魔女じゃないんだから。どうぞ、入って」

ラーラは、あかりのために扉を広く開く。そして片手を振って、あかりを招き入れる動作をした。

あかりは、好奇心に負けた。本音を言えば、少しだけ、魔女を名乗る彼女の家に興味があったのだ。その心境は、子どもを誘い込むために魔女が作った、お菓子の家へ踏み込む気分と言っていいかもしれない。

「お、お邪魔しまぁす……」

小さな声で言いながら、あかりは木製の扉を抜け、おそるおそる敷地内へ足を踏み入れた。

門から玄関までのアプローチを、キョロキョロしながらゆっくり進む。周りは、まだ手入れの行き届いていない草木が茂っていた。あかりの背よりも高い木が何本も立っていて、空を隠すように自由に枝を伸ばし、葉を重ねている。

上からは、ざわざわとした葉擦れの音を聞きながら、雑草に交じって無数に落ちている枯れた葉を、あかりはおそるおそる音をたてて踏みしめていった。

細身のジーンズに白いコットンシャツのラーラは、あかりと並んで歩きながら、楽しそうに今日のもてなしについて説明する。

「今日のお茶はグレープフルーツティーよ。今朝作ったグレープフルーツのジュレもあるし、せっかくだから生の摘みたてグレープフルーツも食べてみる？　まさにグレープフルーツ尽くし」

「え？　グレープフルーツ？　あのとき、どれだけの量を買ったのかなあ！　そんなに好きなんだ」

呆れ気味にあかりが呟くと、ラーラは弾けるように笑った。

「違うわよ。摘みたてって言ったでしょう？　あなたと出会った日に手に入れたグレープフルーツの種を庭にまいて、さっそく実が生《な》ったのよ」

「え？　やだ、冗談」

　その言葉をまったく信じていない様子のあかりを見て、ラーラは玄関へ向かう足を止めた。そして、歩く方向を変えながら、にこやかに言う。

「庭を見る？　まだあんまり手入れができていないけれど」

「そりゃあ、まだ越してきてから、何日も経っていないものね」

そうひとり言のように言いながら、あかりはラーラのあとに続く。

ラーラは、平屋の住居をぐるりと回って、隣接する空地のほうへと向かった。

通りからは、針金つきの柵と背の高い木や草が目隠しとなって、中の様子は少しもうかがうことができなかった。だが、ラーラの家と空き地のあいだには柵がなく、そのまま空き地へと繋がっており、縁側から少し離れたところに広がる緑の多い庭という風情になっていた。

その風景を目にしたあかりは、思わず声をあげる。

「わあ。縁側がある。そのせいかな？　なんかアニメや映画で見るような、ひと昔前の日本家屋の庭みたい」

「すてきでしょう？　その縁側に座って眺める景色が、とっても気に入っているの！」

楽しそうな声色で答えながら、ラーラは朗らかに続ける。

「ひと目でこの広い庭が気に入って、この家を借りることにしたのよ。外からは見えないし、大好きな木やハーブを育てたい放題。なんて楽しいのかしら」

「それで、このお化け屋敷に引っ越してきたんだ……」

思わずあかりが、ぽろっと言葉をこぼす。

とたんにラーラは、心底面白がっているような笑みを浮かべた。

「この家、お化け屋敷なのね」

「あ。えっと……」

あかりは、しまった！　という顔をする。普段は口数が少ないくせに、こういうときに限って、よけいなことを口にしてしまう。あかりの困った癖だ。

そんなあかりに気分を害した様子もなく、頷きながらラーラは言葉を続けた。

「これまでは、お化け屋敷だったかもしれないけれども、私が住むからには、これからここは魔女の館《やかた》となるのよ」

「あ、魔女……」

怒り出さなかったラーラに少し拍子抜けしながら、魔女もお化けも、おどろおどろしいイメージという意味では、たいして変わりはないかもと、あかりは考える。

それにしても、この家はいかにも和風で、やはり魔女というよりは、和風のお化けや妖怪の棲《す》み処《か》が似合っている。

どこまでも、自分は魔女だと言うラーラ。魔女なんて本当にいるわけがないのに、ずいぶん思い込みが激しい人だなあと、あかりは思った。

そんなあかりの顔を、ラーラは覗き込んで訊ねる。

「あかりの持つ魔女のイメージって、なあに？」

「え？　魔女？」

毒リンゴを白雪姫に渡す魔女ぐらいしか、すぐには思いつかない。

「やだわ。もっといい魔女を想像してよ」

あかりの考えていることを読んだかのようにしかめ面《つら》をしてみせると、ラーラは声をたててニヒヒと笑った。

「私のイメージは、シンデレラに出てくる魔法使いよ。女の子が幸せになるための呪文を唱えて、魔法をかけるの」

「へえ……」

「あかりには、まず魔女というものに対する認識を変えてほしいな。だって、もっと仲よくなりたいもの」

返事に窮するあかりのことを、ラーラは気にするわけでもなく、さあどうぞと庭の奥に案内した。

「グレープフルーツは、この庭の中心に植えたのよ。店などに出回っているものは、まだ熟しきらないうちに取って、追熟《ついじゅく》って過程が必要なんだけれど。この庭では、木の上に生らせたまま、完熟まで育てているわ」

「ふぅん」

あかりはグレープフルーツの育て方なんて、考えたこともなかったし知らなかった。

訝しげな表情のあかりを、ラーラはクスリと笑って庭の奥へ誘《いざな》う。

「ねえ、今日のあかりのご機嫌はいかが？　私に無理やりお茶に付き合わされそうで、嫌だなあって思っているのじゃないかしら？」

「え？　嫌じゃない、けど。うん、びっくりしただけで。でも、どうして？」

「このあいだ、初めて会った日、あかりったら不機嫌そうだったじゃない？　あげたグレープフルーツを食べて、どうだった？」

「え？」

「グレープフルーツって、その香りだけで、心の緊張をやわらげて幸福感をもたらしてくれるのよ。血行もよくなる効果があるから、あかりの肩凝りにも効くはずよ」

「へえ、そうなんだ」

一回食べただけで、そんなにすぐに効果を現すものなのかと疑問に思う。

でも、そう言われてみれば、あの日グレープフルーツを食べてからは、その日の運の悪さをあまり気にしなくなったかもしれない。

最初からそのような効果について聞いていなかったから、ララに暗示をかけられたわけでもないだろう。グレープフルーツには本当に、人の鬱々とした気持ちを取り除く効果があるのかもしれない。

あかりがぼんやりと考えていると、ララから声がかかる。

「ほら、あかり。これがグレープフルーツの木よ」

「——え?」

あかりが思わず足を止めてしまうほど、それは、不思議な光景だった。

庭の中央の日当たりのよいところに五本の背の高い木が立っており、そのうちの二本には、白くて可愛らしい花が咲いている。ほかの三本の木には、大きなオレンジ色の実がいくつもたわわに実っていた。

その実は、数日前に食べたグレープフルーツと、色も形も大きさもそっくりに見える。

「——え? どういうこと? 同じ木のようなのに、花が咲いているのと実が生っているのが並んでる……」

「そこは気にしたらダメ。私は魔女なんだから、不思議なことができて当たり前よ」

ラーラは顔をクシャリと崩して、ニヒヒと笑う。

「あかり、グレープフルーツの木を見るのは初めて？　グレープフルーツの花は、白くて可愛らしいでしょう？　花言葉は『乙女の無邪気』よ」

そう言いながら、ラーラはうれしそうに眼を細めて花を見る。ラーラを乙女と呼んでいいのかどうか、正直あかりにはわからない。だが、その表情は花言葉のとおり、無邪気ではある。

そしてラーラは、手が届く高さでたわわに実った果実に手を伸ばした。そのたっぷりとした重さを確かめるように、そっと手のひらで持ちあげる。

「ねえ、あかり。グレープフルーツの名前の由来を知っているかしら？　こうやってグレープのように実が集まって木に生ることから名づけられたのよ」

「――初めて見た。そうか、こういうふうに、実が生っているんだ。面白い……」

あかりは、素直に感心する。そんなあかりに、ラーラは微笑みながらハサミを手渡し、実を取るように促した。

あかりは、おそるおそる実に手を伸ばす。色鮮やかで艶々《つやつや》としたオレンジ色の皮は、張りつめてずっしりと重い。

あかりはハサミを使って、実をひとつ取った。

手のひらで包み込むと、甘酸っぱい柑橘系の香りが匂いたつ。

「あかり、好きなだけもいで、お土産に持って帰ってね。私は家に戻ったら縁側で、グレープフルーツティーを淹れるわ」

「あ、ありがとう……」

あかりは、自分がすっかりラーラのペースに乗せられているのがわかる。だが、それは嫌な感じではなかった。もしかして、これもグレープフルーツの香りの効果だろうか。

そんなことを考えながら、あかりは次の実を物色するように、木に視線を向けた。


大きく育った実を八個、両腕で抱えたあかりは落とさないように、ゆっくり縁側まで運んだ。縁側の上に、実を転がさないように載せてから、あかりもサンダルを履いたまま、そこに腰をおろす。

すぐにラーラが奥のキッチンから、ガラスで作られた透明なティーポットとティーカップのセットをふたり分、トレイに載せて運んできた。

「グレープフルーツティーは、グレープフルーツの皮を甘く煮詰めたピールにして、紅茶の葉と一緒に淹れるのよ」

ラーラはあかりの目の前で、グレープフルーツティーをカップに注ぐ。たちまち甘い香りがあかりの鼻孔をくすぐった。

あかりは、思わず喉が鳴り、自分は喉が渇いていたのだと思う。

「いただきまぁす」

すすめられるままに、あかりはカップを手に取って、おそるおそる口をつけた。

「甘くない！　なんか騙された！」

ひと口飲んで、思わず感想がポロリともれる。

「あら、あかりは甘いほうがいいのね」

「だって……。この香りが甘いじゃない？　絶対、もう砂糖が入っているんだって思ったんだもん」

あかりは自分の思い込みだったが、言い訳っぽく口にしながら頬を赤らめた。

戸惑うあかりを見て、ラーラは笑いながらキッチンへ向かうと、ティーセットとお揃いらしい、透明でオシャレなガラスのシュガーポットを持ってきた。

あかりはシュガーポットから、スプーンで砂糖を山盛り二杯、すくって入れる。かき混ぜると、改めて甘酸っぱい香りを胸いっぱいに吸い込んだ。

そして、ふと顔をあげる。

「なんだか……。すっごく、のどかだな……」

　そろそろ陽が傾いてきているためなのか、西の空が明るくなってきていた。真上にあがっているときよりも傾いているほうが、太陽はなぜか眩しく感じられる。これから陽が落ちるにつれて、青い空が茜色に染まっていくのだろう。

「心が落ち着いていて、とても穏やかなのね。グレープフルーツの効果かしら」

　あかりのひとり言に、ラーラが笑顔で応じる。

　そのとき、あかりの視界の端っこになにかが映った。縁側の端の、さらに遠くの庭の隅で、動く黒いものを捉えたのだ。

「え？　え？　なに？」

　あかりは驚いて、思わず立ちあがる。しかし、怖いもの見たさでジッとそちらに視線を向けていると、黒い影が姿を見せた。

　現れたのは、それほど大きくない黒い猫だった。

「――あ。なんだ、黒猫……」

　ホッとしたように、あかりは呟く。

　その猫は、細めの体軀《たいく》で毛並みがよく、日の光を艶々と反射させている。

　あかりの動きを、爛々と見開いた金色の眼で見つめながら、黒猫は音もたてず優雅な足取りで近づいてきた。

「可愛いー。このあたりでは見かけないけど、どこの猫だろう？　人馴れしていそう」

黒猫は警戒する素振りも見せずに、あかりとラーラのそばまで寄ってきた。

もう少し近づいたら、手を伸ばして撫でられるかも。黒猫の光沢のある毛並みを見つめながら、あかりはそう考える。

すると、

「あら、山田《やまだ》さん。お帰りなさい」

満面の笑みを浮かべながら黒猫に声をかけるラーラに、あかりはぽかんとする。

「山田さん……？」

「そうよ。この猫は山田さん。私と一緒に、この家に越してきたのよ」

「へえ、山田さん……。猫に山田さん……」

口の中で繰り返しながら、あかりは黒猫をじろじろと観察する。

この猫のどこが山田さんなんだろう。

無粋な視線を気にする様子もなく、山田さんはヒラリと縁側に飛び乗る。あかりと距離をとったところで方向を変えると、そのまま庭のほうを向いて座った。黒くて長い尻尾を、ゆらりと揺らす。

考えてみれば、魔女と黒猫。これほど似合うものもないか。

いやいや。魔女って、ラーラが自称しているだけだし。そもそもこの現代に、魔女なんているわけがないし。あかりは混乱しながら、ぎこちない笑みを浮かべて口を開いた。

「山田さん、どうぞよろしく……」

山田さんはチラリとあかりに視線を寄こしたあと、庭のほうを向いて大きなあくびをしてみせた。

「まだ子猫かな？　けっこう小さいよね」

あかりの言葉に、さらりとラーラは答える。

「そうね。山田さんは、まだまだ若いかな。猫は、百年生きると猫又になるじゃない？そう考えると、魔力や妖力を持つようになるには、これまでの三倍はかかるわね」

「へへっ。猫が百年生きたら魔力を持つだなんて。ラーラったら、また言ってる」

ラーラの言葉を冗談だと受け取って、あかりは口を開けて笑った。

◇◇◇

次の日の昼休みに、あかりは真波に、前日のラーラの家での出来事を話して聞かせた。

「ふぅん。一週間で実るグレープフルーツねえ」

そう呟きながら、真波はすぃーっと携帯の画面に指を滑らせる。

あかりの通う高校では、携帯の所持が認められている。遠方から通う生徒がいるためで、通学途中で天災や事故に巻き込まれたときに必要だろうという判断からだ。

もちろん授業中は使用が禁止されているし、位置や時間が特定されるような発信は認められていない。高校にいるはずの時間帯に学校の敷地内から発信されたことがわかれば、その時点で携帯は全校禁止にすると、高校側はゆるやかな脅しをかけている。

真波もあかりも、高校入学説明会のあと、さっそく携帯を持たせてもらった。

そんな真波の指が、ふと止まる。

「グレープフルーツね……。ここには、結実まで十年かかるって書いてある」

「え？　嘘？」

あかりは驚いて、真波の手もとを覗き込んだ。さらにそこには、収穫は年末年始のころが適期であり、それから一、二ヵ月ほど追熟させると書かれている。

「え〜。わたし、本当に見たのに。グレープフルーツ、この手で収穫もしたんだよ」

「でも、四月ごろまで完熟させてから収穫する場合もあるって書かれているし。本当だとしたら、たとえば品種によるんちゃう？」

「だって。いま、九月だもの。全然季節はずれもいいところじゃない……」

真波は、それでも今の季節にグレープフルーツを収穫できる可能性について考えてみたが、あかりはそれをあっさり否定する。

「それに品種っていっても……。お店で並んでいるものと同じように見えたし……」

「あ、思いついたわ。もうひとつ考えられるんは、その庭のその場所に、初めからグレープフルーツの木があったんちゃう？　それやったら、最近まで無人やったんやし、実が生っている木がいままで放置されていたのかもしれへんよ」

「ああ、なるほどね……。最初から木があったとすれば……」

真波の言葉に、それなら考えられないこともないかと、あかりは渋々ながらも頷いた。

初めからグレープフルーツの木が、庭に存在していた。そして通常、果実は放置すれば落ちて腐るかもしれないが、たまたま収穫されずに完熟していた実があることを知っていたラーラは、いかにも魔法だと言わんばかりに、収穫させたのだ。あかりには、それが一番納得のいく正解に思われた。

魔法やラーラが魔女だということを、信じていたわけじゃない。幻想的な手品を見せられていたような気分だった。その種明かしをされて、魔法も解けてしまった。

そう考えると、少し不思議な体験をした気になっていたあかりとしては、なぁんだ、ただラーラにからかわれただけなんだと、少し残念な気持ちになる。

「なんや。おまえ、魔女の家に行ったんか！」

ふいにあかりは大声で言われ、背筋がビクッとした。

両耳を手のひらで覆いながら、あかりは顔をしかめて声の主を振り返る。案の定、あかりのほうに拓馬が顔を向けて睨んでいた。

「ダボか。ひとりで行くなって言《ゆ》うたやろ」

「なんで拓馬の言うとおりにしなきゃいけないのよ」

「危ないからやないか」

「わたしにとっては、ご近所でお隣さんよ。拓馬には関係ないんだから。これからも仲よくするもんね！」

あかりは、唇を尖らせながら文句を言った。

「もう！　聞き耳をたてて、勝手に話に交ざってこないでよね！」

憤慨するあかりと拓馬を交互に見ながら、真波は面白そうに、くすくすと笑い声をもらした。

下校時間のころになると、空はところどころ黒っぽい嫌な雲に覆われていた。朝は青空が広がっていたので、ほとんどの生徒は、長い傘はおろか折りたたみ傘も持っていなかった。

　あかりも傘を持っていなかったが、自宅まで走ればそれほど問題ないかと考える。ただ、カバンの中にある教科書や朝読用に持ち歩いている本が、雨に濡れてしまいそうなのが、少々心配だ。

「どうする？　真波。降るかなあ」

　校舎の出入り口で、あかりと並んで、じっと空を見上げる真波は思案顔だ。

「通り雨っぽい気もするけど。今は降ってないし、降り始めたとしても、降ったりやんだりしそうやな」

「ウチまで一緒に行けば、傘を貸すことはできるけど」

「それもいいけど、そうなると駅まで走っていっても、同じくらいの距離のような気もするやん……」

「だよね」

　あかりの家も、駅も、走ればどちらも十分ほどだ。読めない雲の動きを見つめていた真波とあかりは、やがて覚悟を決めた。ふたりで校舎を走り出る。

　小走りで歩道を駆けて、信号のある交差点で足止めされた。気ばかりが焦っているからか、真波とあかりのあいだに、会話らしい会話はない。

「降るかな？」

「もうちょっと、大丈夫そう」

やがてふたりは、時計屋が広く歩道側へ出しているひさしの下で立ち止まる。とうとう空から雨粒がパラパラと落ちてきた。

「ああ……。降ってきた」

次の瞬間、雨脚は一気に勢いを増す。

目の前のアスファルトが一斉に、小さな噴水のように水しぶきをあげた。

雨宿りができるだけ幸運だったのかもしれない。

「ああ、ツイてないなあ……」

無意識にあかりの口から、最近の口癖のような言葉がもれた。

「そう？　ここに屋根があって助かったわ。あのまま無理して走っていたら、ずぶ濡れになってたやろし」

真波の言葉を聞いて、あかりは、ハッとする。

なんだか最近の自分って、ネガティブではなかろうか。同じ状況で、自分はツイてないって考えたのに、真波は助かったと考えている。

この真波の前向きな考え方って、自称魔女のラーラに似ているんじゃない？

それならラーラの言うとおり、まずは上を向いてみようかな。

そんなことを考えながら、あかりは顔を上に向ける。

本当に通り雨だったらしく、しだいに雨脚が弱まってくると、やがて霧雨になった。

薄暗かった目の前の世界が、ほのかに明るくなってくる。

そして。

思わず息を呑んだあかりは、思いっきり目を大きく見開いた。

「――ねえ、真波」

「ん？　なあに？　あかり。あ、小雨になってきた」

呑気に手のひらを上にして突きだし、自分の前の雨模様を確認していた真波の背を、あかりは興奮気味に軽く叩いた。

「見て見て！　空！　早く！」

声をあげながら、あかりは空を指さした。つられて、真波も空を見あげる。

そこには、大きな虹がかかっていた。見ているあいだにもどんどん変化して、色がはっきりと濃くなっていく。

「あらま、大きい虹やわ。はっきりと見える虹の上に、もう一重、虹がかかっているやん？　あ、あれ、副虹《ふくこう》っていうの？　ラッキーやん」

「きれいだね……」

眺めていた時間は、五分ほどだろうか。ふたりは、虹が空に消えてしまうまでぼんやりと見つめていたが、やがて、真波があかりにささやいた。

「大きな虹やったね。通り雨に降られたことなんて吹っ飛びそうやわ」

「うん。わたし、こんなにはっきりと大きな虹を見たの、初めてかも」

そう言いながら、まだ空に目を向けていたあかりの瞳には、なぜか虹と重ねてニヒヒと笑う魔女の笑顔が浮かんでいた。

どうして、急にラーラの顔を思い出したりしたのだろう、とあかりは不思議に思う。

ラーラに言われたとおり、上を向いたら、タイミングよく虹を見つけたから？

偶然現れた虹が、魔法みたいだって思ったから？

「空が晴れてきたわ。これなら、もう降らんのんちゃう？」

うれしそうな真波の声を聞いて、あかりはふいに、書店に寄ろうと思いたった。

「──あ。わたし、本屋さんに寄ろうかな……」

「それ、いいな。わたしも本屋さんに行きたいわ」

真波も、笑みを浮かべながらあかりに同意する。

ふたりは顔を見合わせると、軒下からアスファルトの匂い立つ歩道へ飛びだした。

今日はツイてるに違いない。

うまく雨を避けられたし、大きな虹も見た。

そう考えたあかりは、さらに幸運を呼び寄せるために、ラッキーなことをパッと思いつくたびに言葉にしようと考える。

これは習慣づけようと思っても、すぐに忘れてしまうかもしれないが。そもそも、あかりは根が単純なのだ。

「きっと本屋さんで、このあいだ買えなかった欲しい本が、再入荷している気がするわ。うん。なんだか、今日はいいことがありそう！」

-第二章-

Witch rara and me
and herb tea

魔女と虹

土曜日。あかりの通う高校は休みだ。

あかりは、いつもより一時間ほど寝坊をした。続きが気になっていたファンタジー小説の続巻をようやく手に入れ、寝る時間を惜しんで読んでいたからだ。気に入った小説は、手に入れたその日に、最後まで読まないと気がすまない。

寝不足でぼおっとしながら、あかりが二階にある自室から下へ降りると、母親が呆れた顔をする。

「そんな寝ぼけた顔をして。読書もいいけれど、夜更かしはほどほどにしなさいよ」

「はいはぁい」

「ほら。朝ご飯を用意するから、新聞取ってきて」

「お父さんは？」

「お父さんはいいの。休みの日くらい寝かせてあげなさい」

そんな不公平な。そう思いながらあかりは、プッと頬をふくらませる。

「なんで、わたしが新聞を取りにいかなきゃいけないのかな。新聞を読むのはわたしじゃないのに」

「口答えしないの！　それくらい手伝いなさい」

「えー」

「えー、じゃないの。それとも、自分で朝食を用意して、皆の食器の洗い物も全部やってくれるの？」

「それは、ダルい……」

仕方なく、あかりは玄関に向かう。サンダルを突っ掛け外に出て、門までの短いアプローチをゆっくり歩く。

空は青く、ところどころに千切れたような小さな雲が浮かんでいる。

「今日もいい天気になりそうだな……」

あかりはぼそっと口にして、門を開くと道路に出た。通りの真ん中で、大きな背伸びをしてみる。

「うん、清々しい朝だわ」

家の前の通りを、くるりと見回した。もともと、車や人通りの少ない住宅地だ。今も、あかりのほかに人の姿はない。

すると、遠くのほうに自転車に乗る人影が見えた。スピードをあげて、みるみるうちに近づいてくる。

あかりが道を譲ろうと数歩あとずさると同時に自転車が、あかりの前で大きく円を描きながら停まった。

それは拓馬だった。制服を着ている拓馬は、Tシャツにキュロット姿のあかりに顔を向けると、上から下までざっと視線を走らせた。

「なんや。あかりか。なにしとん」

「拓馬こそ。今から学校なの？」

「ああ、今日は部活がある日やからな」

「そうか。運動部は土曜日も練習があるんだね……」

あかりの通う高校は、部活動が活発だ。真波の所属するような文化部も週に数回活動しているが、運動部は、放課後は毎日練習がある。拓馬の所属するサッカー部は、土日にも練習や試合があるらしい。

会下山のふもとにあるあかりの家から高校へは徒歩で通えるが、拓馬の家は、さらに大通りを渡って湊川《みなとがわ》公園の向こう側の、湊川商店街の中にあった。

自転車通学の拓馬は大通りを渡ると、いつも下り坂でスピードをあげる。だが、途中でなぜかわざわざ北側の道へ入って、そのままあかりの家の前を滑走することを習慣にしていた。

下り坂は、歩道と車道に分かれているくらいに広い道なのに。それを知ったときあかりは、不思議に思ったものだ。

呑気そうなあかりの声を聞いた拓馬は、大げさに眉をひそめた。

「あかり。今日は学校がないからって、寝ぼけた顔をしとるな。なんや、本の読みすぎで夜更かしか」

「なによ。休みの日に、わたしがなにをしようと、拓馬には関係ないじゃん」

「おまえって、最初に入った部活をやめたんやろ？　ずいぶん暇そうやな。別の部に入りなおせば？」

「よけいなお世話よ」

「本が好きなんはわかるけど、本ばかりずっと読んでたら姿勢が悪くなるんちゃうんか？　なにか運動すればええやん」

「うるさいなあ」

あかりは、ムッとふくれる。

入学直後は、一年生全員、なにかしら部活に所属しなければならない。だが、一度入部してしまえば、そのあとやめて帰宅部になってしまっても、学校側からは、特に咎《とが》められることがなかった。

「今から入りにくいんやったら、サッカー部のマネージャーでもええで？　マネージャーはそれほど練習があるわけやないから、運動が苦手なあかりでもついてこれるし」

「なんでサッカー部のマネージャーなのよ。マネージャーなんて部員の雑用係じゃないの。面倒くさい。お断り」

「面倒くさいって。おまえ、それでも十代の高校生か？　もっと体動かせや」

「でも……」

あかりは渋るように、唇を尖らせた。

面倒くさいという言葉には、いろんな意味が含まれる。

単純に、サッカー部に所属するのに、サッカーをするわけではないマネージャーの仕事が煩わしいと、あかりは思っている。

本を読むだけではなく、ボランティアで読み聞かせをしなければいけない図書部がいやだと思ったのと、理由はほとんど同じだ。

さらに、サッカー部員というのは、一部の女子にとっては憧れの対象なのだ。あかりからみれば、拓馬は愛嬌があるが、それほど格好いいとは思えない。

だが、それでも日焼けした肌で颯爽《さっそう》とグラウンドを駆ける姿にファンがついているらしく、金網越しに毎日熱心に練習を見学する女子たちがいる。

そんな彼女たちを差し置いて、途中からマネージャーとしてサッカー部に入り込んだりしたら、嫉妬の餌食になってしまうかもしれない。それが、面倒くさいのだ。

あかりにはマネージャーになる気などさらさらないと察した拓馬は、話題を変えるように、ちらりとあかりの家の隣に視線を向けた。

そこは、人が住み始めた気配は感じられるが、まだまだ周囲は草木が生い茂る、相変わらずのお化け屋敷だ。

「おまえ。あれからまさか、ひとりで魔女の家に行ってへんやろな」

「え？　別に、行ってないけど」

「すぐにほいほい行くなよ。あかりはうっかり屋やから、俺がわざわざ言《ゆ》うてやってんねん」

拓馬の上から目線の言い方に、あかりはカチンときた。

「わたしの勝手でしょ。拓馬には関係ありません！　第一、いくらお隣さんでも用事もないのに、そうしょっちゅう行かないわよ」

あかりの返事に、拓馬は疑わしそうな目を向ける。そして、ハッと気がついたように、声をあげた。

「あ、ダボ！　遅刻するやろ。だらだら話しかけんなや！」

「なによ。そっちが先に話しかけてきたんじゃない！」

あかりが言い返すと、拓馬は自転車のハンドルの向きを、学校があるほうに変える。そして、力強くペダルを踏んだ。

その一瞬、拓馬の横顔があかりの視界に入る。そして、なぜか拓馬の口もとがカーブを描き微笑んでいるように感じられた。

去っていく自転車を見送りながら、あかりは首をひねる。

「なんだろう？　部活がそんなにうれしいのかな？　休みの日なのに早起きして学校へ行くなんて、本当にサッカーが好きなんだなあ」

誰に聞かせるわけでもなく、あかりはぼそりと呟いた。

そして、ようやく新聞を郵便受けから引き抜くと、ゆるゆると玄関に向かった。

◇　◇　◇

その日の午後。あかりは、家から歩いて数分の湊川公園へ向かった。特に買い物などの目的がない散歩なら、電車を利用して遠くまで出かけることはない。休日の今日、きっとクラスメイトは元町や三宮に繰り出しているのだろうが、単にあかりは出不精なだけである。

神戸市営地下鉄・湊川公園駅を通り越して、ずっと東へ歩いていくと、やがてハーバーランドがあるＪＲ神戸駅へたどり着く。さらに進むと南京町がある元町、三宮センター街という繁華街がある。電車に乗れば、だいたい十分ほどだ。

センター街から北へ向かうと、観光地として有名な異人館のある地域だ。想像よりも狭くて急な坂のあちらこちらに、異人館が点在している。この異人館を訪れるのは観光客ばかりで、地元民は他県から遊びにくる友人を案内するときに、便乗して巡るぐらいなのではなかろうか。

あかりは大通りを渡った。公園の下の大きな湊川トンネルを歩くと、左側に、〝みなとがわ〟と書かれたアーケードが見えてくる。

小さいころから馴染み深い、あかりの好きな通りだ。

そしてここが、この奥に広がる市場の南側入り口となる。この辺りは、彼《か》の有名な作家の田辺聖子《おせいさん》もよく歩いていたのだと、なぜか母親があかりに自慢げに語っていた。

パークタウンと湊川商店街のあいだには、センタービル、中の筋商店街、湊川プラザがあり、これらの集まりを総称して『湊川商店街』と呼ばれている。その北側に通称ミナイチと言う、神戸っ子に親しまれ続けている湊川市場がある。湊川中央市場から阪神淡路大震災以後に生まれ変わったハートフル湊川は、東山商店街が中央を貫き北端にマルシンと呼ばれる市場がある、五百もの店舗が集まった神戸の台所となる神戸新鮮市場が広がっている。

あかりは主に、小学生のころから馴染み深いパークタウンを歩いた。

この商店街は、気さくな下町の香りがする。あかりもぶらぶらと、通りに面した店を眺めたり、ちょっと店の中に入ってみたり。歩き慣れた道をゆっくりと散策する。

そうやって歩いていると、ふと、不思議な人物の姿に目がとまった。通りのど真ん中に、ひとりでなにかを捜すように佇んでいる。

その人は、かなり年配の男性だ。

銀色がかった灰色の髪を上品に撫でつけ、彫りの深い整った顔立ちに、髪と同色の髭が鼻の下で整えられている。背が高くスマートな体型で、背筋もピンと伸びていた。

九月の終わりでまだまだ暑い中、薄手とはいえマントのようなコートをはおり、その下からは落ち着いた色合いの洒落たスーツが見てとれる。そして頭上には、シルクハットのような帽子を載せていた。

あかりは、英国紳士ってこんな感じなのだろうかと、最近読んだ翻訳小説の登場人物を、勝手に思い浮かべていた。この商店街には不釣り合いな、異国の紳士だ。むしろ三宮や異人館にいるほうが似合っている。

するとあかりの視線に気がついたのか、その紳士がフッと振り返った。

——しまった。ちょっと不躾に見すぎたかな……。

あかりは慌てて視線を逸らしながら、素知らぬ顔をしてゆっくりと距離をとり、追い越すように歩き続けた。冷や汗がたらりと、あかりの背を伝う。

——まずいなあ。気づかれなきゃいいんだけど。

だが、あかりの願いは届かなかったらしい。ジッと見つめていたことはバレていたようで、その紳士は嬉々とした表情で、あかりのほうに近寄ってきた。

「すみません。人を捜しているのですが」

見た目どおり、紳士は温和な声で、あかりに話しかける。

あかりは勝手に英国紳士だと思い込んでいたのだが、かけられた言葉はなめらかな日本語だ。それがわかったとたんに、一気に現実へと引き戻される。

あかりは、あらためて紳士のほうに向きなおった。

「えっと？　人捜し、ですか？」

あかりは、怪訝な表情になりながらも、丁寧に聞き返す。

こんな商店街で、英国紳士が人捜し。どのような事情があるのだろう？

戸惑うあかりに、紳士は、にこやかに頷いた。

「はい。友人を捜しているのです。その友人は、そうだね……。今はなんと名乗っているのだろうかな」

紳士の言葉に、あかりは不安を覚える。やっぱり面倒なことになりそうだと、自分の行動を後悔した。

「人捜しって、住んでいるところを捜したいんですか？　住所はわかっているんですか？　それとも、地図があるとか」

聞いてしまったら、たとえ知らなくても最後まで付き合わなければいけない気がする。覚悟を決めて、あかりは訊ねた。

すると、紳士は首を横に振る。

「住所を教えてもらっていないんだ。もちろん地図もない。その友人はいつの間にか、連絡もなくいなくなってしまったんだ。だが、風の便りで、この辺りに姿を見せたと聞いたものでね。その友人に頼み事があって、捜しに来たんだよ」

紳士の言葉に、あかりは黙って耳を傾けた。

わかったことは、最近この辺りに引っ越してきた友人だということ。だが、そんな少ない情報だけで見つかるわけがない。

けれども、あかりには心当たりがあった。

——最近引っ越してきた人といえば、いるじゃない？　強烈な自称魔女のお隣さんが。

でも、この紳士があの自称魔女を必死で捜しているなんてことが、あるわけがないと思った瞬間、紳士は内緒話をするように少し声をひそめてささやいた。

「捜している友人は、実は魔女なんだよ。お嬢さん、最近この辺りにやってきた魔女ラーラを知らないかい？」

思わずあかりは、「ああ、やっぱり」と、ため息とともに呟いていた。


あかりが、心当たりがあると告げると、紳士は、ぱぁっと顔を輝かせた。期待させてしまった手前、案内しないわけにはいかないだろう。

商店街にはなにか目的があって来たわけではなかったので、あかりは紳士とともに、自宅のある方向に足を向けた。

英国紳士と、日本人離れした顔立ちのラーラ。まったく共通点がないとは言えない。捜している友人の名前も同じで、魔女だと名乗っているのなら、間違いはないだろう。

それでも同じ名前の別人というケースもある。

少し不安になりながら、あかりは紳士と並んで歩いた。

「私の名前は、ジョン・ウィリアムズ。ラーラとはイギリスにいたころからの付き合いで、とても古くからの友人なんだ。ラーラは昔から自由気ままな魔女でね。いつも行き先を告げずにいなくなってしまうから、そのたびに捜し出さなきゃいけなくて困るよ」

言葉のわりには、あまり困っていない風で、ジョンは言う。

イギリスにいたころという言葉を聞いて、あかりは、彼を英国紳士と考えていたことが、あながち間違っていなかったのではないかと思った。

大通りの信号を渡り、少し北へ歩いてから、下り坂へ入っていく。この通りの両側には、小学校と中学校が道を挟んで建っている。平日は学生が大勢歩いているが、土曜日はあまり人影がない。

「ラーラは、なぜこの土地を選んだんでしょうね」

ジョンの問いかけに、あかりは、そんなのわかるわけがないと、心の中で思いながら返事をした。

「神戸という場所を選んだ理由は知らないけれど、広い庭があるから、その家を借りたってことは聞いたかな……」

「広い庭！　ラーラらしい。それでは、きっと仕事のほうも順調なんだな」

「仕事？」

そういえば、自称魔女のラーラの仕事って、なんだろう？　魔法を使うこと？　いや、そんなはずはない。

今度はあかりから質問しようとすると、その前にジョンに不思議そうな顔で訊ねられた。

「そういえば、あなたは神戸の方ですか？　生まれも育ちも神戸？」

「え？　はい、そうですけど……？」

ジョンの質問の意味がわからず、あかりは曖昧に返事をする。

「神戸は、方言があると聞いていましたが、あなたには方言がありませんね。なんていうか関西弁？　神戸弁？」

「ああ、神戸弁……」

あかりは苦笑しながら、すぐに言葉を続けた。

「わたしは生まれも育ちも神戸ですけど、ただ、あんまり神戸弁が出ないようにしているだけで……」

「どうしてかな？」

理解できないという顔で聞いてくるジョンに、あかりは恥ずかしそうな表情を見せる。

「だって、テレビのニュースを見ていても小説を読んでいても、出てくる人はみんな、標準語を話しているじゃないですか？　だからわたしも、普段から標準語を使っていきたいなって思って……」

しゃべればしゃべるほど、あかりは照れくさくなってくる。

その理由は、なんてことはない。よく言われている「中二病」のようなものだからだ。

自分は特別な存在でありたいという、思春期特有の空想遊びのひとつだ。中二病は、自分で作り出した言語を、さも意味ありげに綴ったり語ったりするものだが、あかりの場合は神戸弁を使う友人の中で、なぜか標準語を使う少女という立ち位置だった。

ファンタジー小説の影響で中学生のときに標準語を知り、それを使い始めたあかりは、そのまま高校にあがっても周りに同じ中学出身の友人が多いために、いまさら引っ込みがつかなくなって標準語を継続中という、人には言えない情けない事情があった。

あかりが、どうやって話題を変えようかと考えていると、ジョンがいきなり大きな声をあげた。

「おお！　山田さんじゃないか！　元気にしていたかい？」

「え？」

英国紳士のジョンが、口にした名前に、あかりはびっくりする。

ジョンの視線につられて、あかりも顔を向けると、遠くのほうで美麗な黒猫が道を横切った。

「あ……。山田さん」

あかりもジョンにつられて、黒猫の名前をおそるおそる呼ぶ。すると、黒猫はぴたりと足を止め、顔をこちらに向けた。

ジッと見つめてきたあと、明らかにあかりではなくジョンの顔を確認して、ゆるやかに尻尾を揺らした。

「そうか、山田さん。ラーラのところに案内をしてくれるんだね。ラーラは元気にしているかな？　さあ、きみ。急ごうじゃないか」

うれしそうなジョンの声に、あかりは小さくため息をついた。

——山田さん。わたしと英国紳士との扱いに、すごく差があるんですけれど！

「あら、ずいぶんと懐かしい顔じゃない？」

山田さんが案内してきたジョンを迎え入れ、そうラーラは口にすると、ニヒヒと屈託のない笑顔を見せた。

「相変わらずだね、ラーラ。次にいなくなるときは、いちいち捜し回らなくていいように、連絡をくれると助かるんだがね」

「忘れていたわ。だってあなた、私が引っ越すときは旅行に出かけていて、連絡しようにもつかまらなかったんですもの」

　それから、ラーラはあかりに視線を移す。

　そして、柔らかな低音の声で、お礼の言葉を口にした。

「あかり、ジョンを連れてきてくれてありがとう」

「いいえ、そんな……。山田さんが案内してくれたようなものだし」

　ぼそりと呟くあかりに、ラーラはサッと視線を走らせる。そして、にっこりと満面の笑みを浮かべた。

「あら、あかり。すてきなワンピースね。あなたにとっても似合っているわ」

「え？　そう、かな……」

　なんとなく恥ずかしくなり、あかりは俯いてワンピースの裾をモジモジとつまむ。地元の商店街を歩くだけだから、なにも考えず適当に選んだだけだ。

　まず無難に流すか憎まれ口をたたきそうになる自分とは違って、ラーラは、出会ってすぐに相手を褒めることができる人なんだなと、あかりは少しうらやましく思う。プラス思考のラーラならではだろうか。

　一方、魔女のラーラは洗い立てのパリッとしたシャツにスリムなジーンズという、洗練された動きやすそうな服装だ。上背がありほっそりとしたラーラだから、それがとてもオシャレに映るのだろう。

　そんなラーラにも素直にすてきねと返せたらよかったのに、などとあかりは考えたが、そのタイミングをすでに外してしまったと感じて黙り込んだ。


　ジョンとあかりは門の内側に招き入れられる。初めてここに来たときのあかりと同じように、ジョンも大きな木々や荒れた庭の風情を面白がる目で眺め、いかにも日本の家屋らしい縁側にうれしそうな声をあげた。

「縁側だね。実際に見るのは初めてだ」

「どうぞ、座ってくださいな。飲み物を用意してくるわね」

　そう言って縁側から家の中へ入っていったラーラを見送ったあと、ジョンは縁側に腰をかけた。あかりも少しあいだをあけて、その隣にそろりと座る。

「お待たせ。喉が渇いたでしょう？」

　そう言いながら、ラーラが縁側に戻ってきた。

　成り行きで、ラーラの家についてきたあかりとのあいだに置かれたトレイの上には、透明なグラスがあり、中には澄んだ金色に輝く飲み物が入っていた。

　あかりは、ひと口飲んでみる。

材料はブドウだろうか。甘すぎず、漂う香りも上品なマスカット風味だ。

「ラーラ。これはなんの飲み物なの？」

「エルダーフラワーのハーブティーよ。もともとマスカットに似た香りだから、あえてマスカットジュースとブレンドしてみたの」

そう口にしたラーラは、反応を見るように、あかりの顔を覗き込んでくる。

「うん。すっきり爽やかでおいしい」

「でしょう？　グラスに入れた氷の上から、濃いめのティーとジュースを注ぐだけ」

「ウチでもできそう」

「そうね。エルダーフラワーは、風邪やインフルエンザの予防に効果があるハーブだから、これからの季節にぴったりよ。あかりも持って帰って、みんなで飲むといいわ」

「それはちょうどいい。私のところでも扱いたいな」

あかりと同じようにハーブティーを味わいながら会話に入ってきたジョンが、ラーラに言った。

「季節の変わり目だから、ラーラからハーブを仕入れたいと思ってやってきたんだ。〝ハーブ使いの魔女〟を訪ねて北海道に行ったら、もういないと言われて驚いたよ」

「え？　ラーラはここに来る前は北海道にいたんだ。って、〝ハーブ使いの魔女〟って？

なあに？　その通り名」

あかりの驚いた声に、ジョンが悪戯っぽく笑いながら口を開いた。

「ラーラの異名さ。ハーブの知識が豊富で育てることも上手、ハーブを使って病を治したり若返らせたりはもちろん、常識では考えられない不思議な現象を起こせるとまで言われている、カリスマ魔女なんだ。この日本だけではなく、私の生まれ故郷を含めて世界中に〝ハーブ使いの魔女・ラーラ〟の名は知れ渡っている」

「大げさよ」

少し困ったように、ラーラは苦笑を浮かべる。

そのふたりの様子から、あかりはピンときた。

――ラーラが魔女を自称するのは、きっとこの異名からきているに違いない。ハーブを扱う業界で、名の知れたカリスマ魔女。

以前、真波も「占いを仕事にした自称・魔女じゃない？」と言っていた。占いとハーブでは、ジャンルが違うけれど、人に頼られるという意味では似ているかもしれない。

真波ったら、いい勘しているわ！　うん、きっと、それよ。

自分で勝手に納得して頷いたあかりに向かって、ラーラは笑顔で説明する。

「ええ、そうなのよ、あかり。ここに来る前は、私は北海道にいたわ。初めて日本へやってきたときに、北海道が一番広大な土地かなと思って。そして、ずっと昔からハーブを育てて卸す仕事をしているの。いまもこの広い庭で、いろんなハーブを育てているのよ。うん、そうね。ここではこれからエルダーフラワーを多めに育てましょう」

そして、ラーラは立ちあがって、庭をぐるりと見渡した。

「エルダーフラワーは、暖かい環境を好むハーブで春に咲く花だけれど、この庭ならこれからでも大丈夫ね」

「え？　春に咲くの？　季節が正反対じゃない」

訝しげに言うあかりを、ラーラは悪戯めいた表情になりながら振り返った。

「あかり、私は自然を重んじる魔女だけれど、咲きたいと願う花の手助けくらいはするわよ」

「また、魔女だなんて……」

ラーラの言葉を冗談と受け取ったあかりは苦笑する。そんなあかりの態度を気にせず、ラーラは楽しそうに続けた。

「エルダーフラワーは、白く可憐な花を咲かせるわ。今度あかりにも見せてあげる」

そして、ラーラはニヒヒと笑い声をたてた。

あかりはグラスを持ちあげて傾けながら、金色の液体に浮かぶ氷を眺める。

「そうか、ラーラは、ハーブを育てて卸す仕事をしているんだ……。そういえば、前にもグレープフルーツのハーブティーを飲んだよね。香りだけで、緊張をやわらげる効果があるって言っていたけれど。ほかのハーブでも、もっといろいろな効能があるの？」

グラスの外側には涼しげな水滴がひと筋伝った。

「あれ？　ハーブと漢方って、効能を求めるところが似ているよね。同じものを違う名前で呼んでいるの？　ほら、たとえば漢方薬のウコンって、ハーブの分類ではターメリックって呼ぶんでしょ？　どうして別の呼び方があるのか不思議に思っていたのよ。西洋と東洋では呼び方が違うとか？」

カレーが黄色になる要因を作っているスパイスは、たしかターメリックだったと思いながら、あかりはラーラに訊いてみる。

そんなあかりに、ラーラは笑顔で答えた。

「はっきりした区別があるわよ。漢方の原料には動物由来のものも植物由来のものもあるけれど、ハーブは植物由来だけってことかな」

「え？　そうなんだ？」

びっくりして声をあげたあかりは、そのまま思ったことをポロリとこぼす。

「だって、ラーラは魔女でしょ？　魔女は、大釜にイモリとかなんかの生き血を入れて、混ぜてるんじゃないの？」

「あかりってば、面白いことを言うのね」

ラーラはニヒヒと楽しそうに笑う。

「私は植物が好きで、長年研究して蓄積してきた知識もあるから、一応ハーブを専門にしているわ。ベジタリアンじゃないからお肉も食べるけれど、漢方薬として有効な熊の胆《い》なんて、生きた熊の胆のうにカテーテルを刺して抜き取るって聞くし、好みじゃないわ」

その作業工程を想像したあかりはフルリと体を震わせる。

「そうなんだ……」

あかりは、このまったりとした時間は、ラーラが魔女を自称していることについて、いろいろ訊いてみるチャンスだと思った。

業界の異名から魔女だと自称しているであろうラーラだ。自分の問いかけに、なんと答えるのだろうか。

「ねえ、魔女のラーラ。ラーラの魔法はどんなものなのかな？　物語の中で描かれているような火や土や風や水とか、自然の属性が関係あるの？　呪文を唱えたり、空を飛ぶとか火の玉を出すとか、もっと目に見えてわかりやすい魔法って使える？　見てみたいなぁ」

「なあに、あかり。魔法が気になるの？」

悪戯っぽい表情になって、ラーラはあかりの顔を覗き込む。そして、あかりの横に並んで座ると、肩を寄せてささやいた。

「まず、魔女だけれど。魔女と言われる私たちは自然崇拝者で、自然の知識と理解が深い者たちだと思ってくれていいわ」

「ふうん」

相槌を打ちながら、あかりは頷く。

やはり魔女は、火や土や風や水のような自然と関係が深いわけか、わたしの読んでいるファンタジー小説に出てくる登場人物たちと同じだわ、などと考える。

「そして、なんと科学と魔法は同じものなのよ。驚いた？」

「え〜。嘘よ。論理的に正しいと解明されている科学と、目に見えない魔法が同じなわけ、ないじゃん」

あかりは、騙されないぞとラーラを睨む。ここで言いくるめられたりごまかされたりしたら、魔法が存在することを認めさせられそうだと考えた。

ラーラは目を大きく見開いて続ける。

「だって、科学って、魔法や神の御業《みわざ》と思われていた成分や現象を解析したものだもの。ねえ、あかり。たとえば、リコピンって聞いたこと、ある？」

「それくらい、知ってるわよ。トマトの成分で体にいいって言われているものよね」

その上ダイエットにもいいらしいと、心の中で続けてみる。そのあたりは、女の子としての知識がぎりぎりある。

「そう。正しくはリコペンね。最近抗酸化作用を持つという研究も発表された赤い色素で、カロテノイドの一種。昔から、トマトは体にいいって言われていたわ。そのリコペンという成分の詳細について解明されていないころから、昔の人は、トマトを食べることが体にいい影響を与えるって体験して知っていたのよ」

「うん。まあ、そうよね」

ラーラの言葉を聞きながら、あかりは祖母を思い出す。

きっと、おばあちゃんの知恵袋みたいなものだ。特に根拠がなくても、効果があると言われる食べ物やおまじないなどが、世の中にはたくさんある気がする。

おまじないなんて、まさしく現代に受け継がれている魔法のひとつだ。

「トマトがヨーロッパに伝わったのは十六世紀以降だけれど、きっとリコペンが体にいいって知っていた昔の魔女は、大釜で赤いリコペンを含む食材を煮ていたんだと思うわ。リコペン効果を倍にする玉ねぎやニンニクと一緒にね」

ラーラは茶目っ気たっぷりに、大釜を掻き混ぜる動作をしてみせた。

「魔女は、普通の人よりも体験で効能を知っていた。きっと、含まれているコラーゲンの生成を助けて免疫力をあげ、シミを防いで美肌を作るリコペンスープにいろいろな薬草もプラスして、若さと美を保ったのよ」

「本当かなぁ。それって、ラーラの想像でしょ？」

「本当よ。そして、それを見た人たちが、きっと『あの魔女はヤバい。真っ赤な液体を笑いながら混ぜている。あれが若返りの薬に違いない』って噂をしたのね。抗酸化作用を持つリコペンのおかげで、魔女は若さを保っていたから、噂に信ぴょう性が出たんだわ」

「そうかなあ。ただの偶然じゃないかって思うんだけど……」

動作を交えて面白おかしく話すラーラの言葉に、納得する部分はある。しかし、なんだか言葉巧みに丸め込まれているような気がしないこともない。

だが、どろりとした赤いスープを大釜で掻き回している魔女ラーラのイメージは、容易に想像ができた。

「人間が楽をするために研究されているものが科学でしょ。トマトをそのまま食べるのもいいけれど、その栄養分をより効率よく摂取できる研究が行われているわ。科学的・医学的解明ができたものが、現代の私たちの生活を豊かに、かつ楽にしているのよ」

ラーラはあかりに、自信に満ちた笑みを向けた。

「そして、効果があることはわかっているのに、未だに科学的に解明されずに、現代も生き続けているのが魔法なのよ。ほら、そう考えたら、魔法と科学は同じものでしょう?」

「そうだな。不老不死なども、科学的にこうすれば実現できるのではないかと予測されてはいるが、だからといって老化を止める特効薬が作られているわけでもないし。対策ができていないもののひとつだろうな」

それまで聞き役に徹していた英国紳士のジョンが、言葉を挟んできた。

「不老不死って、それこそおとぎ話の世界じゃない」

あかりが返すと、ジョンとラーラは顔を見合わせて、意味深な笑いを見せた。

「なあに、ふたりとも。その笑い方」

プッと頬をふくらませたあかりに、ラーラは言う。

「そもそも、あかりは私が長寿の魔女だって、信じていないんでしょう?」

「えっと。それは……」

　はっきり言って信じていない。なので、ふいっと視線を逸らせたあかりに、ラーラはからりと笑った。

「ごまかさないあかりが好きよ。でもね、あかり、私は十四世紀に魔女狩りから逃げ回った経験があるわ」

「嘘よ。そんな長生き、できるわけがないよ」

　すぐにあかりは言い返したが、英国紳士のジョンが頷きながら、言葉を続けた。

「魔女は社会に害を及ぼすとされて十三世紀から魔女狩りが始まり、魔女裁判が行われたのは十四世紀のころだったな。それは十七世紀まで続いたが、ラーラは捕まらないように、うまく逃げていた」

「そうよ。捕まってしまった魔女は、魔法もなにも使えない、社会的に孤立した弱者で実のところ普通の人たちだったんだもの。そんな人たちを、社会の不満を逸らすために、よってたかって魔女に仕立てあげて弾圧するなんて、本当に酷い話。魔女ではない人たちが逃げられるわけがないわ」

　珍しく怒りをあらわにするラーラに、あかりは驚いたような目を向ける。

　まるで魔女裁判の時代をその目で見てきたかのように話すラーラを、そんなに長生きができるわけがないと思いつつ、全面的に否定できない気持ちもあった。うっかり乗せられて、口から疑問が勝手に出る。

「ラーラが長生きなのは、魔女だから？　魔法を使って寿命を延ばしているの？」

おそるおそる訊ねるあかりに、ジョンが反応した。

「科学的にそうであろうと予測されていても、それがまだまだ人の手で触れることのできない領域であれば、魔法と言えるのかな？　私はラーラとは種族が違うし魔法も使えない。だが、私は不老不死で、ラーラと同じくらいの年月を生きているんだよ」

「ええ、そうね。別種族でも長い時間を過ごしていれば、お互いに噂も耳にするし、おのずと交流ができるものだから。ジョンは魔法を使わないのに不老不死だとすると、魔女の私も不老不死の魔法を無意識に使っているというわけでもなさそうね」

このふたり、とんでもなく非科学的なことを言い出したと、あかりは言葉に詰まった。

——ジョンさん、あなたもなにやら別種族の方という設定ですかっ！　魔法は使わないものの不老不死で、ラーラと同じくらい長生きしているということ？

それは、おふたりのあいだで決められている、独特な遊び設定なんですよね？

あかりのその沈黙を、ラーラは別の意味に受け取ったらしい。

「あら、ふたりだけで盛りあがってしまってごめんなさいね。ねえ、あかり。現代の研究では、命の長さはテロメアが関係していると言われているのよ。テロメアって、知っているかしら？」

「え？　ううん。知らない。初耳」

現代の研究に関する言葉と聞いて、あかりの思考回路が現実に戻ってくる。

ラーラは真面目な顔で説明を始めた。

「テロメアは、簡単に言うと染色体の末端にあるものよ。裁縫でたとえれば、縫ったあと最後に留める玉留めの役割を果たすと言えばいいかしら。テロメアは細胞分裂のたびに短くなって、一定の長さより短くなると細胞分裂が停止するの。それが細胞老化で、同時に個体老化に繋がっている。その結果、生物は死に至る。とまあ、そんなひとつの考え方があるの」

「――へえ。なんだか難しいな。わたし、あんまり理科とか得意じゃなくて」

目を泳がせながら呟いたあかりに、ラーラは笑って続けた。

「テロメアは、命の回数券って呼ばれているわ。細胞が分裂できる回数には限度があって、分裂のたびにテロメアは短くなるし、不摂生や病気になると、そのテロメアが短くなるスピードが速くなるとも言われているの」

そして、ラーラは自信満々に、あかりに言った。

「私やジョンは、きっと体の中で細胞分裂が起こっていても、このテロメアが短くならなくて不老不死なんだって思うわ」

そう言うとラーラは、満足げにニヒヒと笑った。

ラーラの揺るぎない自信に、あかりは反論の言葉が思いつかない。それならば自称魔女ラーラの話に乗ってやろうと考える。

読書好きのあかりは、もともと空想世界の話も大好きだ。徹底的にラーラの空想世界を追及すれば、いつかボロが出るのではないか。

「それじゃあ、ラーラってこれまで長生きしてきた中で、どんな生活をしてきたの？魔女の人生って、どんな感じ？」

「魔女の生活に興味があるの？」

ラーラは、パッと顔を輝かせた。あかりの肩を引き寄せるように腕を回す。

「魔女の一年は、自然とともにあるわ。そしてもう、イベントが目白押しよ」

ラーラは、指を折るように数えながら勢いよく話しだした。

「まずは一月！　魔女の行事のメインは、なんといっても一月六日に行われる、〝ミスルトー採取の儀式〟と〝ヴェファアーナの祭り〟ね。ミスルトーというのは、セイヨウヤドリギのことよ。幸せをもたらす聖なる霊草なの。飲み物に混ぜて飲むと、あらゆる病に効果があると言われている植物なのよ。厳しい冬でも枯れずに緑の葉を茂らせるわ」

「万能薬になる葉っぱなんだ。ヤドリギか、そんな植物があるんだね」

「ええ。でも、ミスルトーがオークの木に宿ることはまれで、だからこそ特別霊力が強いと神聖視されるわね。ヴェファーナの祭りは、同じ一月六日の朝、子どもたちがプレゼントをもらえる日なのよ」

「え？　プレゼント？　クリスマスみたいな感じ？」

「そう！　あかり、キリスト誕生の際に、東方の三博士がお祝いに向かう話を知っているかしら？　その三博士に道を訊かれたヴェファーナは嘘の道を教えたの。けれど、そのあと嘘を教えたことを反省したヴェファーナは、その罪滅ぼしで子どもたちにプレゼントを配るようになったそうよ。だから、この時期の子どもたちは、十二月にはサンタクロース、一月には魔女ヴェファーナの両方から、素敵なプレゼントをもらえるの！」

　ラーラは、自分がプレゼントをもらったかのように瞳を煌めかせ、楽しそうに笑う。

「そして二月は、ちょうど子羊が生まれて雌羊の乳が出始めるころに行われるイモークの祭りと、癒しの力を持つ恵みの女神・ブリギットの祭り。冬の大地が目覚め、自然のエネルギーが高まる祭りよ」

「魔女の祭りって、けっこう種類があるのね」

「そうよ。魔女の祭りは、自然に寄り添って季節ごとに行われるの。春は、イースターの祭りね」

「イースターは知っているけれど。わたしが考えている祭りと同じかな？」

あかりの脳裏には、ウサギのキャラクターや殻にカラフルに彩色した卵のイメージが浮かんでいる。

それが表情から伝わったのだろうか。ラーラは頷きながら口を開いた。

「卵の贈り物をするイースターね。イースターは春の女神よ。多産の女神でもあって、多産の野ウサギの姿になって地上へ現れると言われているから、関係はあるわよ」

「へえ。そうなんだ！」

「そして四月は〝ベルテーンの祭り〟と、もっとも有名な〝ヴァルプルギスの夜〟ね。春迎えの祭りで、大勢の魔女がブロッケン山に集まって踊り狂うのよ」

「普段はなにかあるたびに、魔女たちは炎の周りで手を組んで踊りあかすんだが、魔女の祭りのたびに披露されるラーラのダンスが素晴らしいんだ。私も友人のよしみで参加させてもらっているんだよ」

その様子を思い出すように、目を細めながらジョンが補足した。

「ダンス？　ラーラは踊れるの？」

「ええ。それはもう、お祭りもダンスも大好きよ」

ラーラはうれしそうにニヒヒと笑い声をたてた。

「私は長い時間の中で、いろいろなダンスを覚えたわ。社交ダンスも好きだし、さまざまなバレエも習ったのよ。フランス革命後にヨーロッパで学んだロマンティック・バレエや、ロシアで覚えたクラシック・バレエとモダン・バレエ」

「ふうん。バレエにも、いろいろな種類があるんだ」

「そうそう、私が初めのころに覚えたベリーダンスは、とても古いダンスなの。言い伝えはいろいろあるけれど、砂漠の民が、砂の大地を踏みしめて踊ったのが始まりだと聞いたかしら。腰を揺らしたり細かくふるわせたり、とてもセクシーなダンスよ。セクシーといえば、ジャマイカで覚えたレゲエダンスも、インパクトのあるセクシーさがあったわね」

「う～ん。ベリーダンスは日本でもはやっているのかな。聞いたことがあるダンスだけど、わたしには早いかな？」

セクシーという言葉を聞いて、あかりは頬を少し赤らめる。

「スペインにいたころ覚えたダンスは、アンダルシア地方の民族芸術よ。歌とギターと踊りが揃って、フラメンコと呼ばれるの。とても激しいステップで、覚えるのは難しかったけれど、掻き鳴らされるギターの音と共鳴するみたいで、とても情熱的で楽しかったわ！　それらの中でも、その土地その土地で、自然になぞらえて作りあげられたダンスが好き」

ラーラは、おもむろに目の前に手をかざす。

背が高いラーラは、腕もすらりと長くて手も大きい。その手の先の、長くて形のよい指を、なめらかな動作でふわりと動かした。

たったそれだけの動きなのに、あかりは目を奪われる。

「あかり、フラっていうハワイのダンスを知っているかしら。豊かな自然を神としてあがめ、神に捧げる神聖なフラ。手の動きが波や虹や花のような自然を表現して、動作ひとつひとつに、意味と祈りを込める……」

どこか遠くを思い出すような目をして、ラーラはうっとりと微笑んだ。

「ダンスはみんな好きだけれど、特に私は、フラが好きだわ。私は、フラをベースにしたオリジナルのダンスを、お祭りのときに火の前で捧げるの」

好きなことを考えている人の表情は、その人が美人であるかないかにかかわらず、うらやましいほど魅力的に見えるのはなぜだろうと、あかりはぼんやりと考える。

そして、魔女の祭り。

なんて非現実的な——言い方を換えると、幻想的というか神秘的な話だろうと、あかりは思った。自分が魔女だったら、絶対に参加してみたい。いや、魔女じゃなくても、楽しそうな魔女の祭りを、ひと目覗いてみたい。

そんな欲望が湧きあがるあかりだが、でも、と打ち消した。

魔女なんて所詮、空想の世界のものだ。あかりの好きな小説と同じだ。どれだけファンタジーの世界に憧れて思いを馳せても、本物の魔女の祭りがあるとは考えられない。

◇　◇　◇

「なんとも面白そうな話やね」

月曜日の昼休みに、ラーラから聞いた話の一部始終を伝えると、思ったとおり、真波も魔女の祭りに食いついてきた。さっそく携帯の画面に指をすいすい滑らせて検索する。

「その〝ヴァルプルギスの夜〟っていうんは、聞いたことがあるわ。アニメや小説でも、よく題材にされている有名な魔女の祭りやから」

「わたしも聞いたことがある気もするけれど。正しい名前は知らなかったかな。でも、イメージとかなり違う祭りっぽいよね」

あかりも、有名な魔法少女のアニメを脳裏に思い浮かべながら頷いた。

「自称魔女のところに訪ねてきた知り合いの話では、魔女でなくても参加できそうな言い方やったんやね。わたしらでも参加できるんやろか……」

「え〜。でも、ちょっと怖くない？」

「あ、当然ながら外国やわ。ブロッケン山、ドイツに集まるんやて。でも場所にこだわらないんやったら、あちこちでそれを真似したお祭りがあるみたいやね」

真波が机の上に携帯を置いたので、あかりも画面を覗き込んだ。

「なんか、ハロウィンみたいに、魔女の格好をして参加するんだ」

「四月の終わりの祭りやけど」

ふたりが頭を寄せ合ってぼそぼそとしゃべっていると、あかりの頭にポンとなにかが載せられた。

「あかり、また魔女の話なんかしとんのか」

「うるさいなあ。いつもいつも、勝手に話に入ってこないでよ」

あかりは顔をあげると、拓馬を睨む。とたんに、頭の上に載せられたものが目の前に落ちてきたので、慌てて両手で受け止めた。

それは紙パックのココアで、冷蔵庫から取り出したばかりなのか、まだヒンヤリとしている。

「おまえ、相変わらず姿勢が悪いな。運動部に入って猫背を治せよ。どうせ家にいても、運動なんかせんやろ？」

「もう！　またその話？　拓馬に関係ないでしょ」

形だけだが、こぶしを作って片手を振りあげたあかりの勢いに、拓馬は大げさに驚いた顔をして引きさがる。

「なんやねん、ダボ。怖いわっ」

文句を言いながら、拓馬はくるりと踵を返した。置き去りにされたココアは、あかりがありがたくいただくことにする。

「拓馬って、最近特にうるさくてさ。猫背を治すために少しは体を動かせ、運動部、それもサッカー部のマネージャーをやれって言ってくるのよ」

唇を尖らせながら、愚痴っぽくこぼすあかりに、真波は同意するように頷いた。

「わたしも、けっこう背中を丸めて本を読んだり、携帯を見たりしているんやけれどね」

拓馬にしつこく言われたあかりは、さすがに気になったように呟く。

「そんなにわたしって、猫背なんだろうか……？」

「気にするほど、猫背とは思わないけど」

そう返事をしつつ、真波は眼鏡の奥で、にやにやとした笑みを浮かべる。

「拓馬が気にするのは、あかりばっかりやね。わたしのことは、眼中にないようやわ」

「え？　真波、もしかして拓馬のこと……」

「やめて～。冗談やないわ」

ごまかした気配はなく、本気で笑い飛ばした真波とともに、あかりも「だよね～」と言いながら笑う。

そして、思い出したように両手をあげると、手のひらを組んで大きく伸びをした。つられて、あかりも同じように伸びをする。午前中の授業で、ずっと座って同じ姿勢をとり続けていた背中や肩回りが、小気味よい音をたてた。

まもなく昼休み終了のチャイムが鳴り始めたので、あかりと真波は弁当の入った巾着袋を手にした。

「――なんか、簡単に姿勢がよくなる運動とか、あったらいいのに。続けられるかどうかは別にしてね」

◇　◇　◇

あかりが学校から家の近くまで帰ってくると、高いコンクリート塀の上に、黒猫の山田さんがいた。

小柄な体を丸めて座り、高いところから、行き交う人たちをジッと監視しているようだ。

そんな黒猫の様子を横目で見ながら、あかりは、すれ違いざまにぼそりと呟いた。

「山田さんはいいよね。自由気ままで。それに、猫背でいたって、本当に猫だもの。誰からも文句を言われないし」

「あら、あかり。誰かに猫背だって言われたの？」

ふいに、ふわっと温かみのある声がした。それも、あかりの後頭部のほうからだ。

驚いて振り返ると、あかりが通りすぎた塀の上からラーラが顔を覗かせている。そう言えば塀の向こう側は、ラーラの家の広い庭の一部だった。

「ラーラ？　なにをしているの？」

「私？　なんだと思う？」

逆に問いかけながら、ラーラは唇の両端をあげた。

その瞬間、どこからともなく水しぶきがあがり、あかりに降りかかる。

「え？　なに？　雨？」

驚いた声をあげながら、あかりは空を見あげた。だが、青空が広がっているだけで、雨を降らせそうな雲は、どこにも見当たらない。

「あはは。あかり、私よ」

「え？　ラーラが？」

そう言われて見ると、ラーラの右横から盛大に水が噴きあがっていた。ラーラは右手で水色のホースの先を握っている。

ホースからはキラキラとゆるやかに水があふれ、ラーラが注ぎ口を指先で押し潰すと、勢いよく噴水のように高く噴きあがった。

「庭の草木に、水をあげているの。今日は一日いい天気だったからね」

ラーラはパッと顔を輝かせて言葉を続けた。

「あかり、ちょっと寄っていかない？　ハーブティーを淹れるわよ」

その言葉に、ちらりと塀の上の黒猫へ視線を向けたあかりは、ダメもとで言ってみる。

「それってもしかして、前の肩凝りに効くような感じで、猫背に効果がありそうなお茶だったりします？」

「うーん。それはちょっと難しいかなー」

「なによ。世界に名を馳せるカリスマ魔女のラーラ。猫背くらい、パッと治してよ」

「天候を操ったり生き物の体に直接作用するような、目に見えて変化が大きい魔法は、私の専門じゃないからね。私としては女の子を幸せにする魔法を使いたいと思っているけれど、それはあくまでも自然の力を借りるものだから」

ホースから水をあふれさせながら、ラーラはニヒヒと笑い声をたてた。


ラーラの家をぐるりと回り、庭に出たあかりは、陽のあたる縁側に腰をおろす。

ラーラはほどなくキッチンから、トレイにティーポットとカップを載せて持ってきた。

「今日のハーブティーは、温かいものにしましょうか」

ラーラは、珍しくジーンズではなくスカートを穿いていた。ゆったりとした白いカットソーに、薄い水色のロングのスカートだ。

縁側に座ったあかりの横にティーセットを載せたトレイを置くと、それを挟むようにして、ラーラが腰をおろした。柔らかそうな生地のスカートが、空気をはらんだようにふわりと浮かんで、静かに降りていく。

「魔女のお茶の時間よ。この時期にリラックスできるハーブは、体を温めるカモミールにビタミンCのローズヒップ、心を安定させるディルシードとセントジョーンズワート。

熱々よりも、少し冷ましてから飲みましょうか」

「やっぱり、猫背を治すハーブってないんだ」

「姿勢は、丸まっていると気づくたびに、正すようにすれば変えられるって聞くけれどね」

五分ほど蒸らすためティーポットを眺めながら、ふたりは黙り込んだ。

先ほどまで、ラーラが水やりを頑張っていたせいだろうか。湿った土の匂いが、庭全体から立ちのぼっている。その香りを、あかりは胸いっぱいに吸い込んだ。

——この香りはきらいじゃないな。

おもむろに、ラーラはハーブティーをカップに注ぐ。庭の匂いに混じって、今度は、甘酸っぱいような爽やかなリンゴの香りが感じられた。

ハーブティーを淹れたラーラは、あかりにカップをすすめながら語り始めた。

「ねえ、あかり。私の仕事って、前に言ったわよね。ハーブを育てること」

「うん。ジョンさんが来たときに聞いたよ。ハーブを育てて、ジョンさんに卸したりしているんだよね」

あかりは、そのときの会話を思い出しながら頷いた。

そして、ハーブ使いの魔女、という異名で呼ばれるくらい、その業界では有名人ということもジョンさんから聞いていると、胸の中で繰り返す。

あかりと同じように、ラーラも頷きながら言葉を続けた。

「そう。それで、どうしてハーブを育てることを仕事にしているかっていうと、私は、たくさんの女の子をきれいにすることが、夢なのよ」

「へ？　ラーラの夢？　女の子をきれいにすることが？」

「そうよ。この時代、ダイエットを指導したり化粧品の開発などを仕事にしている人もいるでしょう？　私は、ハーブが持つ自然の効能を利用して、関わる女の子たちをきれいにしていきたいと思っているの。ほら、女性はいつまでも、自分のためや好きな人のために、若くてきれいでいたいじゃない？　自然のハーブを使ってきれいにできるのなら、私の持つハーブの知識で、それをお手伝いしていきたいと思っている」

にっこりと笑みを浮かべながら、ラーラは言う。

そんなラーラを見つめて、あかりは、なるほどそうかもしれないと考えた。

「ラーラって普段からなにか、若さや美しさを保つためにしていることはあるの？　そういえばラーラって、ずいぶん姿勢やスタイルがいいよね。きれいでい続ける秘訣はなにかあるの？」

「とりたてて秘訣があるわけじゃないけれど。食べるもの、飲むもの、動き方や考え方、いつも気を遣ってやっていることが、すべて美しさに繋がっているんだと思うわ。あと、踊ることとも好きだから、体を動かすダンスも関係していると思うけれど」

「ラーラは簡単に言うけど、どれも気軽にできることじゃないよね」

ちょっと残念そうに唇を尖らせて、あかりは呟いた。上を見あげて肩凝りを解消するぐらいのレベルの、そんな簡単な方法は、そうそうないのだろう。

それでもやっぱり、運動や体操をわざわざするような邪魔くさいことは嫌だなという思いが、あかりの表情に浮かんだのかもしれない。

ラーラは、それを見透かしたように言う。

「たとえば、あかりが気にしている姿勢は、ハーブでは治らないけれど、ちょっとしたことに気をつけるだけで、ずいぶん改善するわよ」

「え？　いい方法があるの？」

「ええ、とっても簡単。立つことよ」

「――立つことって」

「正しく立つことができたら、今度は歩くこと」

困惑した表情のあかりに、ラーラは笑いながら言葉を続けた。

「そんな簡単なことって、思ったでしょう？　正しく立つのって、これがけっこう難しいのよ。あかりは若いから、立つことを当たり前のように思っているでしょうけれど、まっすぐ立つだけで、どれだけの筋肉や体幹を使っているか、想像したことある？」

「ううん……。そんなこと、いちいち考えながら過ごしていないし……」

「二足歩行の人間が重力に抵抗してまっすぐ立っているだけで、どれだけ鍛えられているると思う？　ダイエットも、下半身を鍛えるスクワットが有効って聞いたことあるでしょう？　あかりは、ただ姿勢をよくすることを意識しながら立つだけ。ほら、簡単でしょう？」

ラーラの自信満々な様子に、あかりもだんだんその気になってきた。

——そう言われたら、椅子から立ちあがるだけで筋肉を使っているのかも。なんだ、わたしって毎日運動しているじゃない！　あとは、姿勢を意識すればいいのかな。

簡単なことだけは、すぐに試してみようと思う、単純なあかりだ。

カップのハーブティーを飲み干したラーラは、おもむろに立ちあがった。

「あ、まだ水やりの途中だったんだ」

庭の一角でとぐろを巻いていたホースの先を片手で持つと、縁側の端に外づけされた水道の蛇口をひねる。

「ここは広いからね。庭の奥から水を撒いてきたから、あとはこの辺りだけ」

そう言いながら、ラーラはホースの先を押し潰して、水を勢いよく噴きあげた。

「――ねえ」

「なあに。あかり」

「ラーラの仕事での夢って、女の子をきれいにすることって、言っていたよね」

「ええ、そうよ」

「ラーラ自身が将来叶えたい夢ってのは、あるの？」

「これから叶えたい夢ってことかしら」

そういうと、ラーラはジッと考える表情をした。しばらく、手にしたホースからほとばしる水を見つめている。

やがて、思いついたように、ラーラは顔をあげた。同時に、ホースを持ったまま少し場所を移動すると、水を上に向けて噴射する。高く噴きあげられた水は光を受けて、小さな虹を作った。

「私の夢は、少し変わった虹を見ることよ」

「変わった虹？　虹って、いろいろな種類があるの？　あ、太陽の周りに円のようにかかっている虹とか？」

「ふふっ。そういう普通の虹じゃないのよね」

　それを聞いたあかりは、ふと先日見た虹を思い出した。

「そう言えばわたし、最近大きな虹を見たの。学校の帰り、通り雨に降られちゃった日。とっても大きかった！」

「そうなの。それはなんて、すてきなのかしら！　自然にできた大きな虹は、すぐに消えちゃうものね。見ることができて幸運ね」

　ラーラは器用にホースを操りながら、あかりの目の前に小さな虹を移動させる。

「ねえ、あかり。あなた、虹の端って、見たことがあるかしら？」

「虹の端？　ううん、ない。どうなっているの？　ラーラは見たことがあるの？　あ、虹を見るっていうより、虹の端を見たいっていうのが、もしかしたらラーラの夢？」

　すると、ラーラは唇の両端をあげて、ニヒヒと笑い声をたてた。

「私は、虹の端を見たことがあるのよ。あのときは、そうね……。建物でいえば、五階ほどの高さから見おろしたときだったわ。街の中に大きな虹がかかったの。そして偶然、私の目の前に虹の足がおりてきたのよ」

「虹の端って、空中で消えてなくなっているわけじゃないんだ」

「そうよ。虹によって違うだろうけれど、私が見た虹は、しっかりと道路の上に足をおろしていたの。透明で、薄っすらと虹色で。ちょうど広めの歩道の幅をすっぽり包んでいて。そして、太陽の動きに合わせてやっとわかるくらいのスピードで、歩道を移動していたの」

ラーラは、手もとで作り出す小さい虹を見つめながら、そのときの情景を思い出すように目を細める。

「あの虹色の空間を、いろんな人が行き交うように通り抜けていったわ。誰も、自分が虹の中を歩いていることなんて、全然気づいていないの！　私も、その虹の空間へ飛び降りたかったんだけれど、きっと虹の中に入ってしまったら、虹のすばらしさなんてわからなくなっていたわ」

「そうなんだ」

「もしかしたら、私もあかりも、自分が知らないあいだに虹の中を歩いているのかもしれないわね」

あかりは、そんなこともあるかもしれない、と考える。

「あ、ラーラの夢。変わった虹を見るって、それじゃあどういうこと？」

あかりが問いかけると、ラーラは、ニッと笑みを浮かべてみせた。

水やりが終わったのか、水道の蛇口をひねって水を止め、ホースを手繰り寄せながら、ラーラは口を開く。

「ねえ、あかり。月虹《げっこう》って聞いたことがあるかしら？　見た人に幸せが訪れるっていう、月の光で作られる虹よ。昼間に見る虹と発生する原理は同じなんだけれど、光が弱いために七色が出にくくて白っぽいから、白虹《はっこう》とも呼ばれているわ」

「知らない。そんな虹の名前、初めて聞いた」

あかりは、脳裏にその情景を描きながら返事をする。

――白いオーロラのようなものなのだろうか。

「夜空が暗くて、澄んだ空気が条件で、なかなか見ることができない神秘的な虹なんですって。まだ私も見たことがないの」

ホースを片づけ終わったラーラは、あかりに顔を向けて、満面の笑みをみせた。

「いつか、その月虹を見たいというのが、私の夢かしら」

ラーラの言葉に、あかりもうっとりと空を見上げる。

そろそろ陽が傾いて、昼と夜の境目のようなグラデーションが空に広がっていた。ひときわ輝く星は、金星だろうか。

「わたしも、夜の虹を見てみたいな」

「そうね。一緒に見ることができたら、とてもすてきね」

うれしそうに返したラーラは、距離をとって、縁側に座るあかりの前に立つ。そして、訝しげに小首を傾げたあかりに、顔をまっすぐに向けると、両腕を横に広げた。

「踊りたくなっちゃったわ。あかりに、魔女の踊りを見せてあげる」

そう言うと、ラーラはゆっくりと踊り出した。音楽も流さずに、濡れて土の香りが匂い立つ庭で、ラーラは舞う。

身長があって手脚も長いラーラの踊りは、見ていて不思議なくらいの迫力を感じた。立体的で存在感があり、ついつい惹きこまれる。

前に聞いたフラ・ダンスのような。

あるいはクラシック・バレエのような。

社交ダンスのワルツのような。

神経が行き届き、独特な軌道を描く指先。跳ねて、音もなく爪先が地面に触れた。大きな動きに合わせて、スカートがふわりと花びらのように広がり、裾とラーラの長い髪が残像のように遅れて、踊りの型をなぞる。

優雅で大胆で。

けれど、どこかしら妖美で神々しくて。

一瞬たりとも見逃したくなくて、あかりはラーラの踊りから目が離せない。

時間を忘れて踊るラーラの姿に、あかりも時間を忘れて、うっとりと魅入っていた。

◇　◇　◇

滅多に電車に乗って出かけないというあかりを、真波が休みの日に三宮へ遊びに行こうと誘った。ふたりで、センター街にある大きな書店に行くことにする。

そして、待ちに待った土曜日のお昼前に、あかりと真波は、湊川駅のホームで待ち合わせた。

あかりの最寄り駅は、真波にとっては高校へ通うために降りる駅だ。改札口で合流したあと、新開地《しんかいち》まで出てから阪神電車に乗り換えて三宮に向かう。

ホームから電車に乗ったところで、あかりと真波は、電車の中をぐるりと見回した。

「あ、あそこ空いてる。あそこの席でええかな」

真波が、電車の一番端の席を指さした。あかりは頷いて、歩きだそうと足を前に浮かせて——その足を、真下におろした。

「あかり？　どしたん？」

不思議そうな顔になった真波に、あかりは遠慮がちに言った。

「ううん。ひと駅だし、立っていこうかなって。真波は座りたかったら座っていいよ」

「なんで？　ひと駅でも、座ったほうが楽やのに」

動き出した電車の中で倒れないように、あかりはつり革に手を伸ばしながら、照れ笑いのように笑ってみせた。

「自称魔女のラーラに、立つだけの運動の話を聞いたからね。ほら、電車の中で立っていたら、それだけで体幹を鍛えられそうじゃない？」

「ふぅん。立つだけで運動になるんや。それやったら、わたしも立っていようかな。いうても、ひと駅だし」

「そうそう、ひと駅だし」

そう笑いあい、調子に乗ってつり革から手を放したとたんに、電車が大きく揺れた。

摑まるところを探すように、あかりは両手で空を掻きながら、思わず悲鳴をあげる。

そして、あかりと真波は慌てて周囲に頭をさげたあと、顔を真っ赤に染めながら、お互いを肘で小突き合った。

-第三章-

Witch rara and me
and herb tea

記憶は香りの中に

「ラーラの家の庭は、なんでもありのお花屋さんだわ」

半ば呆れたような声で、あかりは呟いた。口調は呆然としているけれど、色とりどりの花が咲き乱れている様子に、目が釘づけになり、本心では感嘆しているのだ。

赤や青や紫、ピンク。小さい花から大振りの花まで。広い庭のあちらこちらに、いろいろな種類の花が咲き乱れる。庭いっぱいに広がる香りのほとんどは、ジョンやお得意先に卸すために育てている、ハーブのものだろうか。

その中の、見事な赤いバラのそばに立つラーラに向かって、あかりは言った。

「わたし、あんまり花には詳しくないんだけど、やっぱり、この庭の花って、季節を無視して咲いているんじゃないかな？　こんなにいっぺんにいろいろな花が咲いているの、おかしくない？」

「あら。そんなこと、気にすることじゃないわ。世の中にはビニールハウスの温室栽培もあるし、季節に関係なく、けっこう一年中いろんな花が咲いているわよ」

ラーラは、ローズティー用にバラの花を切り取りながら、低音の温かみのある声で歌うように返事をする。

今日のラーラは庭仕事ができるように、細めの濃紺ジーンズを身につけ、ゆったりした白いオーバーシャツをはおって、袖をまくりあげていた。

あかりは、最近マイブームとなっている草色のボタンダウン・スカートがしわにならないように気をつけながら、縁側に深く腰をおろしている。

「そもそも天然で、庭にいろんな季節の花が咲いていることが、問題ありだと思うんだけどなぁ」

あかりは、小さくため息をついた。

自称魔女のラーラ。ハーブ使いのカリスマ魔女だから、豊富な知識と技術で季節を超えて、庭でハーブを育てることができるのだろうか、なんて考えてみる。こんなに自然に咲き乱れる花々を見せられると、魔法を信じたい気にもなってくるが、それでもやっぱり、これは現実ではありえないとも思っている。

思案顔のあかりに、ラーラは笑顔を向けた。

「あかり。あなたの家の中に飾る花も切ってあげるわ。枝ごと切ってあげてもいいわよ。あとで好きな花を選んでね」

「え、いいの？」

「もちろん！」

あかりの視線は、鮮やかな色の花のほうに向けられる。

どれがいいだろうか。花束のようにいろんな色を交ぜてもらおうか。枝に、小さくて可愛い花がたくさんついているのもいい。でも、見事な風格を持つ一輪だけの花というのも、すてきでかっこいい気がする。

真剣な目で、あかりが花を物色していると、縁側の端から、にゃーん、と猫の鳴き声が聞こえた。黒猫が足音もたてずに姿を見せる。

「あ、山田さん」

艶やかな毛並みが黒猫の動きに合わせ、陽を受けて輝いた。今までどこかを散歩でもしていたのだろうか。

「こんにちは。お邪魔してまぁす」

あかりが言うと、山田さんは足を止め、小さく、にゃーんと返事をする。そして、ラーラに向かって、続けて二度、三度鳴いた。

「あら、そう。お客さんなのね。山田さん、ここまで案内してくれるかしら」

「え？　ラーラは山田さんの言葉がわかるの？」

あかりは驚いて、声をあげる。

すると、ラーラは得意げに、ぱちんとウインクをしてみせた。

黒猫が踵を返して姿を消したあと、それほど時間をおかずに足音が聞こえてきた。家の横の道を通って、黒猫に導かれるように、ひとりの女性が姿を見せる。

ラーラよりも少し背が低いくらいだろうか。細身の体には、白地にネイビーのボーダーシャツとゆったりしたデニムパンツをまとい、黒い大きなリュック型バッグを背負っている。

さらさらとしたストレートの黒髪を肩口で切り揃えた、小顔で色白の純和風の美人だ。年齢はラーラと同じく二十代半ばぐらいに見える。

山田さんに案内されて庭に回ってきた女性は、ラーラの姿を見つけて、パッと表情を輝かせた。

「よかった！　やっとハーブ使いの魔女を見つけたわ！」

とたんに駆けだして、彼女はラーラに飛びつくように抱きついた。

「あら、久しぶり。元気にしていたかしら」

目を見開いて驚いた表情になりながらも、ラーラはうれしそうに、満面の笑みを浮かべた。さすがに、大人の体格の女性に飛びつかれて、ラーラは大きくバランスを崩すが、ギリギリのところで踏ん張る。

一番びっくりしたのは、縁側に座ってふたりの様子を眺めていたあかりだ。

口を大きく開けて、いったいどういうことかと啞然としている。

「本当によかったわ。ラーラに会えるかどうか、ここに来るまで半信半疑だったから」

「よく、ここがわかったわね」

「それよ！　ジョン伯爵にラーラの居所を教えてもらっても、本当に自分の目で姿を見るまで、とても心配だったわ」

「ジョン伯爵？　ジョンさんのこと……？」

思わず口を挟んだあかりに、ようやく気がついたように、女性がハッとした顔をした。慌てて、抱きついていたラーラから体を離してあかりに向きなおる。そして、にっこりとあかりに笑いかけた。あかりは、自分が座りっぱなしでいたことが相手に失礼になると気づき、慌てて立ちあがる。

「失礼いたしました。あなたも伯爵のことをご存じなのね」

「ジョンさん、伯爵なんですか」

あかりは驚きながらも、以前出会ったときの、ジョンの容姿を思い出した。言われてみれば、服装も雰囲気も、伯爵と言われるとしっくりくる。

彫りの深い整った顔立ちに、銀色がかった灰色の髪。マントのようなコートやシルクハット。あかりが読む小説に出てくるような英国紳士風だった。

「伯爵といえば、本当に伯爵なんだけれど。ジョンの場合は、吸血鬼だからねえ」

面白そうに笑いながら、ラーラが補足した。

そこで、あかりはピンときた。どうやら、魔女ラーラに合わせて、ジョンは吸血鬼設定なのではなかろうか。たしか、十四世紀の魔女裁判や不老不死の話題のときに、ジョンの種族が――という話を聞いた気がする。

「先日、偶然伯爵が遊びに来てくれたの。そのときに、魔女ラーラの居所を聞いたのよ。仕事で行き詰まっていたから、神のお導きだわ」

「神のお導き、ねえ。神のいらっしゃる教会と魔女は、対立的な関係なんだけれど」

冗談か本気か判断のつかないことを言い、ラーラは笑い声をたてる。

そこで、あかりは自己紹介をすることにした。

「――あのぉ。わたし、あかりって言います。この家の隣に住んでいます。それで、あの、仕事って言われましたが、どんなお仕事をされているんですか？　やっぱり、ハーブを使った……？」

おずおずと問いかけたあかりに、自分も名乗るのを忘れていたことに気づいたらしい。

和風美人のその女性は、照れ笑いのような笑みを浮かべた。

「私は、藤田《ふじた》香桜《かぐら》と言います。京都を拠点に香司《こうし》をしています」

そう言って香桜がお辞儀をすると、あかりは彼女の周りから、和風の香りがふわりと漂った気がした。

「香司って？」

初めて耳にした言葉に、あかりは首を傾げる。すると、ラーラが香桜の両肩に、後ろから手を置いて引き寄せるようにしながら説明した。

「香司は、お香のマイスターよ。調合から仕上げまで責任を持って作りあげる、香りの職人のことなの。幽玄な和の香りと関わる仕事よ」

「でも最近は、和風のものばかりでもないのよ。エキゾチックなものや、フルーツ系の香りも人気だし」

照れたように片手を顔の前で振りながら、香桜は補足した。それを聞いたあかりは、疑問を口にする。

「お香？　香りのお仕事なんですね。それって、ラーラの扱うハーブと似たようなものなのかな？　ポプリみたいな？」

「うーん。ラーラの作るハーブやポプリとは、ちょっと違うかな？　カレーを作るときに使われるシナモンやクローブみたいに、原料は漢方や香辛料と同じものもあるけれど、本来お香は香料の素材そのままで作るのよ」

香桜の言葉のあとに、ラーラも続ける。

「ハーブやポプリやアロマは、原料となる花や葉っぱなどを圧縮したり蒸留したりして香りを抽出するから。同じものを使っていても、その方法によって作りあげられる香りはそれぞれ違ってくるのよ」

あかりは、へぇ〜と頷いた。ハーブやお香、漢方など、難しいことはわからないが、それぞれ特徴があって違うものなんだという程度は理解できた。

香桜は、あかりに笑みを向けながら続けた。

「淡路にいろいろなお香を扱う香老舗《こうろうほ》があって、そこに香司たちがいるけれど、私は京都で、個人でやっているの。カルチャースクールでお香教室を開いたり、個人からの依頼で匂い袋やお香の調合を請け負ったり」

「匂い袋は知ってる！　わたしのおばあちゃんも持ってるよ」

思い出したように、あかりが声をあげた。

たしか以前、簞笥の引き出しの中に入っている、手のひらに乗るくらいの小さな巾着袋を見せてもらったことがあった。

そのとき感じた、心が落ち着くような懐かしい香りを、あかりは脳裏によみがえらせる。

「そうなの？　なんだかうれしいわ」

香桜は、先ほどまであかりが座っていた縁側に、背負っていたバッグをおろして、その隣に座った。あかりもバッグをあいだに挟むようにして腰をおろす。

「私はお茶を淹れてくるわね」

ふたりの様子を見たラーラはうれしそうに微笑んで、縁側の端から家にあがり、キッチンに向かった。

香桜はバッグの中から、普段から持ち歩いているらしいサンプルを取り出した。

あかりが、雑貨屋で見かけたことがあるような棒状のお香、三角錐の形のお香が縁側に並べられる。香桜はさらに、紙に包まれた干菓子のような花や葉っぱの形に固められたもの、飴のように丸められたものを広げてみせた。薄い、木の皮のようなものもある。

「ひと口にお香って言っても、このようにいろんな種類があるのよ。棒状のものと三角錐のお香は、先端に火をつけて香りを楽しむタイプ。印香《いんこう》といって、いったん粉にしてから型で薄く固めたものや、丸く練りあげた練香《ねりこう》、そして香木は、温めて香りを出すタイプ」

「温めるって？」

あかりは首を傾げる。あかりの中では、火をつける以外のお香の楽しみ方を、思いつかない。

「空薫《そらだき》といって、炭をうずめた灰の上に置いて、香りを気化させるのよ。いまは電気香炉があるから火を使わず手軽に楽しめるし、煙が出ないから、煙が苦手な人や純粋に香りを楽しみたい人に人気があるの」

「へえ！　これ、初めて見た。可愛らしい形ね」

あかりは、イチョウの葉の形をした印香を、そっと手に取ってみる。香桜はバッグの中から、密封された袋をいくつか取り出した。

「あとはこれ、常温で香りを楽しむタイプもあるの。定番の巾着に包まれた匂い袋。インテリアとして部屋に掛ける、大きいサイズの部屋香《へやこう》。粉末状の塗香《ずこう》。そして文香《ふみこう》と言われる、和紙にお香を挟んだ薄型の匂い袋は、栞《しおり》として使うのがおすすめ」

「すごい。これ全部、お香なんだ。そうか、匂い袋もお香のひとつなのね」

あかりは、いろいろなお香をひとつひとつ手に取り、面白そうに見つめる。とくに、本好きとしては、栞の代わりになりそうな文香が気になった。

落ち着いた香りが、開いたページからほのかに漂うなんて、すてきではなかろうか。このようなおしゃれなものは、きっと真波も好きに違いない。あかりはすっかり魅入られて欲しくなってしまった。

すると、あかりの視線と表情でわかったのだろうか。香桜は文香を手に取ると、あかりに差し出した。

「お近づきのしるしに、どうぞ」

「え？　いいんですか？」

あかりは恐縮しながらも、両手でうやうやしく受け取る。そして、さっそくほのかなやさしい香りを立ちのぼらせるそれに、おそるおそる鼻を近づけた。


トレイに三人分のカップを載せて、ラーラが縁側に戻ってきた。両膝をついて、あかりと香桜のそばにカップを置く。

そして、香桜が真ん中になるように、ラーラも縁側に腰をおろした。

「今日のハーブティーは、カモミール・ミルクティ。カモミールとペパーミントを一対一でブレンドして、温かい牛乳で淹れたの。甘味はハチミツよ。どうぞ」

あかりがカップを手に取ると、甘いリンゴのような、やさしい香りが立ちのぼった。

「それで、香桜。私に用事があったのかしら」

ラーラが尋ねると、香桜はカップを持ちあげながら、ここにやってきた本来の目的を思い出したように眉根を寄せる。

「そうなの。ラーラに助けてもらいたいことがあるの」

「私にできることなら、喜んで協力するわよ」

ラーラの心強い返事を聞いて、香桜は話し出した。

「先日、匂い袋の依頼をいただいたの。結婚式の引き出物のひとつとして、六十個。個人でいただく仕事としては、大きなものだから、しっかり要望に応えたいんだけれど」

「結婚式の引き出物？　なんか夢があってすてき」

あかりは無邪気に声をあげた。本にしか興味がないように見えても、一応女の子らしい一面は持っている。

「最近は、そういう依頼も増えてきているわ。でも、今度の依頼人と、何度か意見の交換をしているんだけれど、どうしてもピンとこないらしくて……。完成度が低い香りを世に出すなんて、私のプライドが許さない。そこで、依頼人がどんな香りを希望しているのか、ラーラに探ってもらいたいの」

「ラーラに？　ラーラなら、その香りを見つけられるの？」

首を傾げたあかりに、香桜は言い切った。

「もちろん、ラーラが魔法を使えば」

香桜は、にっこりと笑顔を見せた。

「今までも何度か、ラーラに探ってもらったことがあるの。ほら、なんとなくすてきな香りとか、好きな匂いとか、その場で気に入ってもらえる香りもあるけれど。依頼人によっては特定の香りじゃなきゃだめなのにその香りがわからないからってラーラに探ってもらったことがあったの。今回の依頼は、その人の記憶や思い出の香りを再現してほしいっていうものなのよ」

「でも、ラーラの魔法っていっても、どうやって？」

するとそれまで黙って聞いていたラーラが口を開いた。

「難しいことではないわよ。私の作る香りを媒体にして、その方の記憶と思い出の香りを、私たちが感じられるくらいにまで、蘇らせるだけ。もとになる香りがどういうものかわかれば、香桜の調合で完全に再現できるわ」

「へえ！　面白そう！」

とたんにあかりは、興味を示す。

魔法で香りを蘇らせるなんて言うけれど、実際はハーブに詳しいラーラが豊富な知識を駆使して、そのもとになる香りを探すのだろうと、あかりは想像する。

だが、面白そうであることには違いない。その瞬間を、ぜひとも見てみたい！　その一心で、あかりは頼み込んだ。

「ねえ、わたしもそれを見てみたい。その場にいたらだめ？」

あかりは、甘えるような視線でラーラと香桜を交互に見つめる。

するとラーラは香桜に顔を向けた。

「そうね……。どうかしら、香桜。魔女の助手ってことで、あかりに同席してもらってもいい？　意外とあかりがいるほうが、魔法もうまくいくかもしれないわ」

「ラーラがそう言うのなら。うん、助手というか、魔女ラーラの弟子って言ったほうが、それらしいかな」

「やったあ」

香桜の承諾の言葉に、あかりは万歳をしながらうれしそうな声をあげる。

「どうやるの？　いつ、どこでやるの？」

縁側の上であかりは前のめりになるようにして、ふたりににじり寄った。

ラーラは、あかりの様子を見て苦笑しながら香桜に問いかける。

「依頼人の記憶や思い出を蘇らせるには、直接会ってみなければならないわね」

「ラーラの許可をもらえたら、ここに依頼人を呼びたいんだけれど。どうかしら？」

「ええ、もちろん。ここに来ることが可能なら、喜んでお迎えするわ。どちらに住んでいる方なの？」

そう言えば、さっき香桜さんは京都の人だと言っていたなと、あかりは考える。依頼人も京都の人なんだろうか。

「依頼人は、京都に住む会社員の女性なの。大手企業の総務部に勤務していて、時々地方の支店に出張することもあるそうよ。神戸の三宮にも支店があるから、ラーラさえよければ、近々ここに呼ぶわ」

「いいわよ。いつでもどうぞ。そうね、香りのもとがわかって、それが植物であれば、結婚式までに間に合うように、この庭で栽培できるし」

「ありがとう！　ラーラ、頼りになるわ！」

香桜は、ラーラに抱きついてうれしそうな顔をした。

喜ぶ香桜の様子を見ながら、あかりも頬がゆるんでくる。目の前でラーラが魔法を使うところが見られるかもしれないという期待で、早くもワクワクとしていた。

◇　◇　◇

「それで、あかりも魔女の儀式に参加することになったんや」

「魔女の儀式って。そんなおどろおどろしい物騒なものじゃないよ」

昼休み、お弁当を広げたあかりは苦笑しながら、真波に報告をする。

「ラーラの香りで、過去の記憶を鮮明に呼び覚ます感じ？　その依頼人の女の人なんだけど、出張で神戸に来て、仕事が終わったあとでラーラの家に来るって言っていたから、わたしも学校が終わったあとで参加できるみたい」

「どんな感じだったのか、また教えてね。それにしても、香司かぁ。香りを仕事にしている人っているんや。考えたことなかったな。自分の好きなことを仕事にできているってかっこいい感じがするわ。この栞もオシャレでええね。本に香りがほのかに移るのも、風情があってすてきやん」

真波は、あかりが文庫本に挟んで持ってきた栞を鼻のそばに持っていきながら、うらやましそうに言った。

「でしょ」

あかりは、自分が褒められたかのように、笑みを浮かべた。そして機嫌よく、お弁当のおかずのだし巻き玉子を食べようと、口を開いたとき……。

「あかり、まさかおまえ、悪魔の儀式に参加するってんじゃないやろな」

ふいに後ろから髪を引っ張られて、あかりは仰け反った。思わず口から悲鳴があがる。

「なにすんのよ！　痛いじゃない！」

引っ張られた髪は、数本だけだったことが、逆に痛みを強く感じさせる。髪を引っ張った犯人の拓馬を、あかりは涙目になりながら振り返り、キッと睨みつけた。

「なんでおまえは、あかん言うとんのに、何度も何度も魔女の家へ行こうとするんや」

「わたしも何度も何度も言うけど、拓馬には関係のないことです！」

「魔女なんかに関わんな。喰われるぞ」

いかにも親切で忠告してやっていると言いたげな顔で、拓馬はあかりに命令する。そして、追い払うように片手を振りあげたあかりを見るや否や、さっさと逃げ出すように友だちのところへ駆けていった。

「いやあ、モテますわね、あかりさん」

にやにやと笑いながらささやく真波に、あかりは唇を尖らせてみせる。

「これのどこがモテているっていうのかなあ！」

そして、お弁当に向き直ると、だし巻き玉子を口に放り込んだ。

◇　◇　◇

その日は、すぐにやってきた。

「あかり。今日、引き出物の匂い袋を依頼した方がいらっしゃるわよ」

あかりが朝、家を出ると、自分の家の門前で待ち構えていたラーラにそう告げられた。

それを聞いたあかりは、一日中そわそわと過ごす。

下校時刻になるのを今か今かと待ちわび、途中まで一緒に帰る真波と別れたあとは、家まで飛んで帰った。

そして、制服から私服のワンピースに着替えると、いそいそとラーラの家の門を叩く。

「いらっしゃい、あかり。どうぞ入って。香桜と依頼人はまだよ」

「お邪魔しまぁす」

少し緊張していたあかりは、ホッと安堵の息をもらす。

そして、照れ笑いを浮かべた。

「これからどんなことが起こるのかと思っていたら、緊張しちゃって……」

「あかりは、ゆったりと眺めていればいいわよ。あ、この家はスリッパを用意していないの。靴を脱いで、そのまま奥へどうぞ」

ラーラはそう言うと、ニヒヒと笑ってみせる。そして、いつもは縁側に案内されるのだが、その日は家の中の一室へ、あかりは招かれた。

分厚い白色のカーテンが窓にかけられた広い洋間に、初めてあかりは足を踏み入れる。

家具もなにも一切置かれていない、がらんとした部屋だった。

「ちょうど掃除が終わったところよ。引っ越してきてから、生活空間を整えることを最優先にして掃除をして暮らしていたから、この部屋は後回しになっていて」

「へえ、そうなんだ」

呟きながら、あかりはなんとなく、足もとを見おろした。白い靴下を履いてきたあかりだが、その足の裏が、なぜか妙に気になる。

その様子に気がついたらしく、ラーラは笑った。

「あかり、なかなかいい感受性だわ。今日の儀式に呼んで正解」

「え？」

どういうことかと、あかりはラーラを不思議そうに見つめる。ラーラは、ニヒヒと笑みをこぼした。

「神聖な儀式だから、まず床に塩を撒いて掃除をしたからね。あかりは、その空気の浄化に気づいているのよ」

それを聞いたあかりは驚いた。

「塩？　塩を撒いて掃除をするの？」

「ええ。そうよ」

だが、あかりはすぐにピンとくる。お清めやおまじないで塩を使うことは、昔から行われてきたはずだ。相撲でも塩を撒くのは邪気を祓い、怪我をしないように神に祈るためだと聞いたことがある。それと同じような考えなのだろう。

「お清めには盛り塩をするケースもあると聞くけれど、魔女の儀式は、床に塩を撒いたあと、ほうきでそれを全部掃き集めるのよ」

「それって、普通に大変そう」

「あら、そうでもないわよ。まんべんなく掃除ができて、部屋中きれいになるわ。それに、ただ塵を集めるだけじゃなくて、邪気祓いついでにそこら中に漂っているネガティブな気持ちも一緒に、ほうきで集めて掃き出せるんだから」

「ネガティブ……」

「そう。鬱々とした気分も掃き出しちゃえって感じで」

「掃き出しちゃえ？」

「そうよ。掃除が面倒くさいなんて考えずに、前向きにね」

そう言って、ラーラはニヒヒと笑みを浮かべた。

部屋の掃除で気分転換をして、邪気を祓うのも悪くない。でも、自分の部屋に塩を撒くと、母親がいい顔をしないだろうと、あかりは想像する。

その考えがわかったのか、ラーラは言葉を続けた。

「あかり。なにも浄化作用を持っているのは塩だけじゃないわよ。そうね。たとえば、緑茶にも同じような効果があるわ。飲み終わったお茶の葉の水気をしっかり切って使えば代用になるし」

「お茶っ葉かぁ。飲み終わったあとなら、どうせ捨てるだけだから無駄にはならないし、お母さんも怒らないかな」

そう言いながら、あかりは頷いた。

「さて。あっちの部屋からテーブルを持ってくるわね」

そう言うと、ラーラはあかりを残して部屋を出ていく。そして、木製の丸いテーブルを抱えて戻ってきた。四人で囲めそうな、オシャレなちゃぶ台といった感じだ。続けて座り心地のよさそうな厚みのある、真っ白な大きめのクッションを四つ、運んでくる。

「魔女の正式な儀式の場合は、ろうそくやお供え物も用意したりするけれど、今日は省略ね。こだわりすぎると、まず月齢を合わせるところから始めなきゃいけなくなるから」

「月齢？」

「そう。月と太陽が同じ方向になって、強い太陽光で月が見えにくくなる瞬間のことを新月と言うの。その新月の日を零として計算した日数が月齢よ。満月の日がほぼ月齢十五になるわ。月齢と魔法は深い関係があるけれど、だからと言って日を指定したり怪しい呪文を唱えたりしたら、とたんに胡散《うさん》くさくなっちゃって、今回の依頼人の不信感を煽っちゃうわ」

「ああ。さすがにラーラも、そのあたりは怪しいと思っているんだ……」

あかりが呟くと同時に、来客を告げる呼び鈴が鳴った。

「こちらへどうぞ」

ラーラが、あかりがいる部屋に連れてきたのは、香桜と、いかにも仕事ができますといった風情の女の人だった。ぴっちりと前髪を分けてピンで留めて額を出し、後ろは大きな髪クリップで挟みまとめている。知的そうな色白の小顔に、ぱっちりとした二重の目、小さめの鼻。落ち着いた色の口紅を塗った唇。

あかりよりやや背が高めの標準体型に、首回りが丸いノーカラー・ジャケットとタイトスカートの組み合わせで、薄茶色に白い縁取りの女性らしいスーツをまとっている。

女性は、あらかじめ部屋にいたあかりに驚いたらしく、少し目を見開いた。

「こちらは、ラーラのお手伝いをされているあかりさんです」

香桜が、あかりを依頼人に紹介する。あかりは無言で深めに頭をさげる。

「あかりさん、こちらは倉本静流《くらもとしずる》さん。来月中ごろに結婚式を控えていらっしゃるのよ」

「おめでとうございます」

あかりは、笑顔でお祝いを口にする。すると、少し怖いイメージだった静流は微笑んで、二十代半ばの若い女性らしい可愛らしいえくぼを見せた。

「それじゃあ、時間も遅くなっちゃいますし、さっそく始めましょうか」

ララはそう言うと、部屋の中央に置いた丸テーブルへ、皆を促した。


「ベースはジャスミンだと思うんですが、そこから先がどうしても、これだってしっくりくる香りにならなくて」

そう言いながら、香桜はいつも持ち歩いているらしい大きなバッグから、チャックつきのビニール袋を取り出した。チャックを開けると、あかりもかいだことのあるような香りが、ふわりと漂う。

いろいろなところで芳香剤として使われているからだろう。強めではっきりとした、甘い花の香りだ。

「これが、ジャスミンの香りなんですね……」

あかりは確認するように、小さく呟く。

「そう。しかもこれは芳香剤のように人工的に作られたものではなくて、天然の香りよ。

常温で香る、置き型匂い袋という部屋香ね」

香桜はそう言って、持参した白い皿の上に、手のひらぐらいの大きさの巾着型の袋を置いた。あかりは確認するように身を乗り出して、鼻を近づける。

「引き出物には、匂い袋もいいけれど、薄型の缶に文香をいくつかセットにしようと考えているの。でも肝心のその香りが、これだ！　っていうものが見つからなくて」

「あ、あの。そのことなんですが」

香桜がそこまで口にしたとき、静流が口を挟んだ。皆の注目を浴びたせいか、少し顔を赤らめ、視線をテーブルの上にさまよわせながら言う。

「あの、ジャスミンの香り自体は、けっこう思ったとおりで、そんなに問題はないんですが。なんて言えばいいのか、その……なんだかもやもやするんです」

「もやもや？」

香桜やラーラが口を揃えて言いながら、静流の次の言葉を待つ。香桜の表情は、あかりの目には少し不安そうに見えた。

「あ、言い方が変ですけれど。香りは、いいんです。ただ、その香りで、なにかを思い出しそうな、懐かしいような気持ちになって、でもそれがいったいなんなのかがわからなくてもやもやする感じ……。この香りは大好きで、昔たしかにかいだことがあるのに、それがいつのことなのか記憶になくて、どこの香りだったのかな、みたいな」

「その記憶を探すお手伝いを、私にさせてもらえるかしら」

ラーラはそう言うと、静流に向かってウインクをしてみせた。


ジャスミンの香りが漂う部屋で、あかりたちはクッションの上に座っている。

「嗅覚は五感の中で、もっとも原始的なもので、記憶や経験と強く結びついているの。きっとダイレクトに脳へ情報が届くからかしらね」

そう言いながら、ラーラはティーポットから人数分のハーブティーを注ぐ。

「これは、記憶を呼び起こすハーブとして有名な、少し甘くて上品な香りを持つリンデン——西洋菩提樹《ぼだいじゅ》のお茶よ。緊張をやわらげるリラックス効果もあるわ。うまくジャスミンと混ざって、相乗効果が出るといいなと思って」

「菩提樹って、聞いたことある」

あかりは、ティーカップの中を覗き込む。

「そうね。ここの庭にも、西洋菩提樹を植えたのよ。落葉樹で、とても大きくなるの」

「へぇ。クリスマスツリーぐらい？」

「あはは。そうね、そうとう大きくなる木よ。今度庭に案内したときに見せてあげるわね」

　そして、あかりがハーブティーをひと口飲んだころ、ラーラが言った。

「それじゃあ、静流さんも香桜もあかりも目をつむってもらえるかしら。これから静流さんにいろいろ訊いていくから、難しく考えずに答えてね。香桜とあかりは目を閉じたまま、黙って聞いていてください」

　そう言うと、戸惑う静流のほうに顔を向けて、ニヒヒとラーラは笑った。

　あかりは、言われたとおりに目をつむる。いい香りに包まれて、なんだかフワフワした感じになってくる。さらに、ラーラの温かみのある低い声が耳に入ってくると、子守歌のように聞こえて、うとうとと寝てしまいそうだ。

「それじゃあ、静流さん。結婚式は来月なんですよね。新婚旅行はどこに行くか、もう決められたんですか？」

「ええ、フランスに」

「あら、すてきね。初めての海外旅行かしら。それとも、何度か行かれているの？」

「母方の実家がマレー半島のほうにあるので、昔に一度、小学校に入って間もないころにそちらへ。でも、もうパスポートなんてとっくに切れているから取り直しました」

「マレー半島に実家ということは、お母さまはマレーシア人？」

「いいえ、母はマレーシア人と日本人のハーフなんです。母が日本人と結婚したので、わたしはクォーターになります。でも、見た目はほとんど日本人と変わらないと言われますけれど」

「そうなのね」

あかりは、ふたりの会話を聞いて、目を開きたい衝動に駆られる。

目を閉じる前に、もっとしっかり静流の顔を見ておけばよかったと残念に思う。

そのあいだにも、ラーラの質問が続いていた。

「結婚が決まったのは、いつごろかしら」

「結婚？　え、ああ、半年ほど前です。春、四月の中ごろで」

「そのころにプロポーズをされたのね。おうちの方にご報告されたのは、同じころ？」

「ええ、結婚が決まれば、やっぱり父に報告をしたほうがいいかなって……」

質問の意図が見えないせいだろうか、少し不思議そうな口調で、静流は返事をする。

そのやり取りを、声を出せないあかりは、ぼんやりと聞いている。

「お父さまにご報告されたのね。お母さまは？」

「あ、実は母はもう亡くなっていて。父と一緒に仏壇へ報告を」

「そうなのね。お母さまは、いつごろ？」

「母は、わたしが高校二年生のときに病気で」

「彼とお付き合いを始めたのは、いつごろから？」

「え？　ええっと、二年ほど前です」

「どのように出会ったのかしら」

「ええっと……。友人とバスの日帰り旅行へ行ったときに、同じツアーに参加していて」

「彼と出会ったとき、第一印象は、どんな感じだったの？」

「え？　ええ、あ、親切な、やさしい人だなって」

「その出会いは会社に入社して、すぐくらいかしら。いまの会社に入社したとき、どんなことを思ったのか覚えてる？」

「ええ……。そのころは……」

ラーラは簡単に答えを聞くと、すぐに違うことを尋ねる。相手に考える暇も与えず、ポンポンと質問をしていく。大学を卒業したときのこと、入学をしたときのこと、高校を卒業したときのこと。

この辺りになると、さすがにあかりもわかってきた。

ラーラは、静流の人生を逆に辿っているのだ。

今回の儀式の目的は、ジャスミンの記憶を探ること。そう考えると、このような方法が適しているのかもしれない。

やがて静流の記憶が、幼さゆえに曖昧な時期のことに質問が及ぶ。そろそろ終わるのかな、なにかしら成果はあったのだろうかと、あかりが思った瞬間。

「それじゃあ、静流さんが覚えている、一番古い記憶は？」

「一番古い記憶……。大きなクマのぬいぐるみと、おままごとをしていた三歳のころ？でも、それはあとから両親に聞いた記憶で、自分の記憶かどうか……」

「そのクマのぬいぐるみ、誰からもらったのか、覚えてる？　誕生日のプレゼントかしら？　クリスマスのプレゼントかしら？」

「えっと、父からもらった、三歳の誕生日プレゼントだったと思います……」

ラーラは、今度は古い記憶から新しいものへ辿り始めた。それは、小さいころのことから順番に思い出していくことになる。最初と違って、今度はかなり詳しく訊いていくようだ。関わった人物、手にした持ち物、訪れた場所……。

ふたりの会話を聞きながら目をつむっていたあかりは、やがて不思議な感覚に襲われる。ラーラのやわらかな低い声のせいなのか、まるで催眠術をかけられているみたいだ。

静流の言葉によってもたらされた情報から想像が喚起《かんき》されて、その場面が脳裏に浮かんでくるようだ。まるで静流の記憶を、あかりも共有している気分になってくる。

――あかりは、彼女の育った環境を疑似体験している。

「そう。あなたは小学校に入学したあと、お母さまの故郷に行かれていたわね。それはいつごろかしら？　雨が多い季節だったのかしら。それとも夏休み？」

ラーラの言葉が、遠く、頭の上のほうから降り注ぐ。水中で聞いているかのように、ぼんやりと響き、静流がそれにゆるやかに答えた。

「母の実家の、マレーシアには……」

――その瞬間。突然現れた風景。

身長を少し越えるくらいの木々の姿が色鮮やかに、あかりの閉じられたまぶたの裏に映った。その枝の先には、楕円形の緑葉が輪生状についており、中心に筒状の純白の花がいくつも咲いている。

花を目にしたとたんに、あかりはジャスミンの香りに包まれた。

息ができないほどの花の香りに満たされて――しかもそれは、これまで知っていたジャスミンとは違う、やさしいのに心の奥から感情を揺さぶってくる香りだ。

その鮮明で迫力のある情景を前にして、呆然とした表情で佇むあかりの傍らに、花と同じような真っ白い服を身につけた細身の女性が立っていた。つばの広い帽子をかぶり、ゆるやかな風に長い髪を揺らしている。

あかりはどうしても、自分の目の高さにある彼女の手を握りたくなった。

おそるおそる、自分の右手を持ちあげる。

そして、伸ばした自分の手は、白くて小さくて、ふっくらしていて……。

――ああ。自分のこの手は、幼子の手だ。


「あかり。目が覚めたかしら」

突然ラーラに声をかけられて、あかりは我に返った。慌ててまぶたを開く。

すると目の前に、満面の笑みを浮かべたラーラの顔があった。驚いて、あかりは目を大きく見開く。

「その様子だと、無事に目が覚めたみたいね」

「え？　わたし、寝てたの？　なにがあったんだろう？　すごく懐かしい気持ちになったんだけど。でも、見覚えがない風景で……」

「その記憶、静流さんの記憶だから」

「え？」

「静流さんとあかりは、うまく同調したのね。私も少し見えたわ、真っ白い花」

あかりはびっくりして、ポカンと口を開いたまま声が出ない。それってどういうことかと尋ねる前に、香桜が興奮して言った。

「ええ、わたしも。映像は見えなかったけれど、はっきり花の香りを確認したわ。ありがとう！　さすがハーブ使いの魔女ラーラだわ！」

香桜の言葉に、ラーラは照れ笑いのような笑みを浮かべた。そして、香桜に確認するように言う。

「あの花の正式名称は、ロードデンドロン・ヤスミニフロルムというの。見た目も香りもジャスミンに似た花なのよ。でもツツジ科で、ジャスミンよりもやさしい香りのする花だわ。マレーシアに咲くものだから、もしかしたら……と思っていたのよ」

「そんな名前の花だったのね……」

懐かしそうな瞳でぼんやりと宙を見つめていた静流が、そっと呟いた。

「なんで、今まで思い出さなかったのかしら。そうよ、母の実家があるマレーシアに行ったとき。母と少し小高い山の上のところまで歩いていって、見つけた花だわ。あそこは、あの花の香りがいっぱいに広がっていて」

静流はラーラを見つめ、少し瞳を潤ませていた。

「どうしてかしら、すっかり忘れていたわ。母と一緒に包まれた、あの香り。母との、思い出の花……」

「香り以外の情報、たとえば花の名前や咲く場所などを知らなかったから、すぐに香りと結びつかなかったのではないかしら」

ラーラの言葉に頷いた静流は、香桜のほうを向く。

「どんなときの記憶に残る香りかはっきりして、やっともやもやしたものが晴れました。ぜひこの香りで、引き出物を作ってもらえませんか？」

「ええ、もちろん！　わたしも同じように、花の香りを体験したんだもの。細かいところまで調合して再現できると思うわ」

笑顔で答え、片手をあげてガッツポーズをしてみせる香桜に、ラーラが言う。

「そのロードデンドロン・ヤスミニフロルムだけれど。この庭で栽培できるから、香桜のところに結婚式に間に合うように届けられるわよ」

「え、本当に？　さすがラーラ、助かるわ！」

香桜が、うれしそうな声をあげる。

あかりは、心の中で「それは、ないない！」と叫んだ。どう考えても、あの記憶で見た花は、あかりの身長よりかなり高かった。数日でそこまで成長する花ではないはずだ。

だが――ひょっとして。

それが本当にできてしまうような気もするところが自称魔女、ハーブ使いのララなのかもしれない。

あかりはいろいろ思うところがあったが、それでも、相好を崩して喜ぶ静流の姿を見ていると、まあいいかと考えた。この場でよけいなことを言うのは、無粋というものだ。

「――これで、母の香りと一緒に花嫁になれる気がするわ」

◇　◇　◇

そんな出来事があった週末に、あかりは自分の部屋の片づけをしていた。毎度のことながら、定期考査の範囲が発表されると現実逃避のため、つい掃除がしたくなる。

テスト前、あるあるだ。

定期考査のたびに読み飽きた本などをまとめて廊下に出し、空いたスペースにほかの物を詰める作業をしているため、あかりの部屋は、それなりに整頓されている。そして、今回もすぐに掃除が終わってしまった。自分の部屋をひととおり掃除機できれいにしたあとに廊下を歩いていると、祖母が部屋から出てきた。

「あら、掃除をしていたんだね。賢いねえ」

祖母は基本的に、あかりを怒ったり叱ったりすることはない。さらに褒め言葉までもらって、あかりがうれしくないはずがない。

勉強が嫌で掃除をしていたとは言えず、さらに賢いと言われ、祖母の言葉に気をよくしたあかりは、いいことを思いついた。

ちょっと調子に乗って、祖母に言う。

「おばあちゃんの部屋って畳だよね。ほうきってあるの？　たまにはわたしが、掃除をしてあげよっか？」

「ほうきならあるよ。掃除機は畳を傷めるから、ほうきのほうがいいんだよ」

「あ。――もしかしたら」

さらにピンときたあかりは、そのままキッチンに駆けていく。食器の後片づけをしていた母親を見つけ、勢い込んで訊いた。

「ねえ、お母さん！　飲み終わったお茶っ葉って、まだある？」

「え？　出がらしのお茶の葉？」

偶然にも、食後に飲んだお茶の葉が、まだ捨てられずに急須の中に残っていた。訝しげな顔をする母親から、そのお茶の葉をもらい、水分をしっかりと切ってから、あかりは嬉々として祖母の待つ畳の部屋に向かう。

　祖母の部屋は一階の奥の、日当たりのよい南向きの和室だ。大きくどっしりとした箪笥が壁際に置かれている。ちゃぶ台が、いまは脚を畳まれて、箪笥の横の壁に立てかけられていた。使わないものは、すべて押し入れに片づけられているせいか、六畳間は広々としている。

「おばあちゃん。お茶っ葉を畳に撒いて掃除をすると、運気もあがっていいらしいよ。本当は、塩にハーブを混ぜたものを撒いて掃除をするほうが、もっとオシャレっぽいし、いいみたいだけど」

　あかりが自慢げに口にすると、祖母は大きく頷いた。

「おやまあ、よく知っているね。お茶の葉を撒いて掃除をすると、いい具合に埃を立てずにごみを掻き集められるからねぇ」

　その言葉に、あかりは驚くと同時に、少し落胆した。

「なんだ。知っていたんだ。残念だなあ。もしかして、昔からある掃除方法なの？」

「そうやな。昔からの知恵だね。畳の色をよくするためには、抹茶を布巾で絞って拭くといいとも言われているねぇ。殺菌効果もあるようだし」

「へぇ。そうなんだ」

　あかりは返事をしながら、ふと思いついた。

祖母とラーラは茶飲み友だちで、よく昼間にお茶会をしているようだが、もしかしたら、いろいろなことをよく知っているラーラと、年の功で知識の豊富な祖母は、だから話が合うのではなかろうか。

そんなことを考えながら、あかりは持ってきたお茶の葉からしっかり水分が抜けているか確認する。そのあと、部屋の入り口から中に向かって、茶葉を景気よくバラ撒いた。

「西洋風にハーブを混ぜた塩なら、部屋にいい香りも漂うのかな？　出がらしのお茶っ葉を撒いても、全然匂いってしないよね。お茶の香りが漂ってもいいのに」

そう言いながらも、満足げに手のひらをパンパンと叩いたあかりに、祖母はにっこりと笑顔を向けた。

「おやまあ。ずいぶんと豪快に、部屋全体にバラ撒いたねえ」

「そう？」

「おや、箪笥の上にまで茶葉が載って。これじゃあ部屋の隅々まできれいに、拭き掃除と掃き掃除をやらなきゃいけなくなっちゃったねえ。あかり、掃除は任せたよ」

にぃっと笑いながらそう告げた祖母の顔は、あかりには、いかにも悪そうな魔女の笑みに見えた。

-第四章-

Witch rara and me
and herb tea

初恋と惚れ薬

定期考査も終わった、十月半ばの昼休み。

あかりは昼食を食べ終わって、お弁当箱を包んでいる巾着袋の紐を、きゅっと引っ張った。好きなものだけを詰めてくれる家の手作り弁当は、いつものことだが満腹感と幸福感がある。

「あかりの顔を見てると、花より団子やね」

こちらも食べ終わった真波が、お弁当箱を片づけながら苦笑を浮かべた。

「うるさいな」

あかりがちょっと睨んだ目つきをすると、真波が声をたてて笑う。

お弁当箱をカバンの中へ片づけたあかりは、今度は透明なチャック袋を取り出した。袋を開くと、パッと香りが広がる。よく知っているような懐かしい気持ちにさせられる、やさしい花の香りだ。

真波は、ピンときたようだ。

「もしかして、それがもらった匂い袋やね？　もっと和風の匂いかと思ってたんやけど、上品なジャスミンの香りなんや」

「そう。お手伝いをしてくれたからって、香司の香桜さんが、匂い袋を多めに作ってくれたの。これは、真波のぶん」

そう言いながら、あかりは真波に小さな巾着の形をした匂い袋を手渡した。

実際に結婚式の披露宴で渡される引き出物は、薄型の文香になったが、香桜が同じ香りで巾着型を作ってくれたのだ。

「えへへ。お揃いやな」

「そう。お揃い」

ふたりでうれしそうに微笑みあったあと、食後になにか飲み物を買いに行こうかということになる。そして、椅子から立ち上がろうとした瞬間、あかりの横に、ひとりの女子生徒が立った。

あかりは怪訝そうに、その顔を仰ぎ見る。

「ねえ、あかり。相談があるんやけどさぁ」

そう口を開いたのは、東郷翠《とうごうみどり》という名のクラスメイトだった。

あかりは、眉根をひそめる。と言うのも、彼女とは提出のノートを集めるなどといった用事があるとき以外、話をしたことがなかったからだ。

当然、下の名前で呼ばれるほど、親しい関係ではないはずだ。

「えっと……。なにかな？」

あかりは翠の顔を見つめながら、おそるおそる口を開く。すると、翠はあかりの態度を気にする様子もなく、あっさりと言った。

「あかりさ、魔女の知り合いがいるんやって？　紹介してもらえんかな」

「え？　魔女？」

あかりは驚いて、思わず真波と顔を見合わせる。真波も黙ったまま、驚いたように目を見開いていた。そして、慌ててあかりに向かって顔を横に振る。自分はなにも言ってないという意思表示だろう。

そんなあかりたちの様子にかまわず、翠は言葉を続ける。

「ほら、魔女よ。怪しげな薬を作ったり、夜な夜な呪いの儀式をしたりとかする魔法使い。あかりの知り合いの魔女も、そんなことをしてるんやろ？　ねえ、けっこう親しいって聞いたんやけど、あたしにもその魔女、紹介してくれへん？　どうしても魔女に、頼みたいことがあるねん」

翠は顔の前で両手を合わせ、拝む格好をしてみせる。

あかりは改めて顔をあげると、翠の指先を彩る、パールをあしらった派手な色の爪先を見つめた。

あかりのクラスの女子は、なんとなく三つにグループ分けができている。

あかりと真波のような、読書好きで比較的おとなしいグループ。マンガやアニメやアイドルを、楽しそうに追いかけているグループ。そして、オシャレに余念がない翠のようなグループだ。

翠は、女子としては背が高くスタイルがよい。小顔でまつ毛が長く目もとがぱっちりとしていて、唇は艶々と血色がいい。

天然なのかどうなのかわからないダークブラウンの長い髪は、ゆるやかに巻かれて背に垂れている。膝の上、さらにぎりぎりまで制服の裾をあげたスカートから、きれいな脚を惜しげもなく見せつけていた。アイシャドウもつけまつ毛も口紅も、使っているのかどうかは、化粧に興味がまったくないあかりには判断がつかなかった。

翠は、顔の前で手を合わせたまま、あかりの返事をジッと待っている。

あかりは内心、面倒くさいことになったと考えた。ほとんど口をきいたことのないクラスメイトのために、どうして自分が、自称魔女のラーラへの橋渡しをしなくてはならないのだろう。

ラーラは親しいお隣さんだ。だが、まったく交流のないクラスメイトに紹介するのには、躊躇《ちゅうちょ》があった。ラーラの承諾も得ずに安請け合いで紹介して、ラーラの機嫌を損ねでもしたら、あかりとラーラの関係もぎくしゃくしてしまうかもしれない。そんなことになったら、いい迷惑だ。

それほど親しくないのよ、ごめんね、そう言おうと口を開きかけた瞬間。

「ええやん。あかり、紹介したげたら。魔女は、お隣さんやもんね」

なんでもないことのように、真波が笑顔で言う。あかりが、なんでそんなことを言うのかと口をパクパクとさせているあいだに、翠はパアッと表情をほころばせた。

「サンキューあかり！　ありがとね。やっぱ、持つべきものは友だちやなあ」

あかりは、いつ自分と翠は友だちになったのだろうかと思ったが、うれしそうな顔をされると、もうなにも言い返せなかった。

◇◇◇

結果的にその日の帰り道、翠をラーラの家に案内することになってしまったあかりは、部活があるからと、残念そうな表情を浮かべる真波と教室で別れたあと、翠と一緒に下校した。

ふたりで並んで歩くと、あかりが話題を考えるまでもなく、積極的な翠がラーラのことをいろいろ訊いてくる。

「ねえ、その魔女ってどんな人？　怖そうなおばあちゃんやの？」

「全然違うよ。二十代の、いかにもいまどきの魔女よ」

「想像つかへんわ。いまどきの魔女やて、ウケる」

そう言って、翠はおかしそうに笑う。

「あかりは、魔女が魔法を使うところを見たことあるん？」

「ん～。魔法っていうか。それらしきものはいくつか」

先日の記憶の共有を思い描きつつ、あかりは答える。

「え！　すごいやん？　魔女と会うの、めっちゃ楽しみ」

打てば響くようにパッと顔を輝かせて、翠は華やかな声をあげる。

翠は、こうして話してみると、意外とあっけらかんとした親しみのある印象に変わったので、あかりは思い切って聞いてみた。

「ねえ、なんで東郷さんは魔女に会いたいの？」

「東郷さんやなんて、よそよそしいなぁ。翠でええで。友だちやん」

「え～っと。うん、翠は、魔女に頼みたいことがあるって言っていたよね。その頼み事って、どういうものなのか訊いてもいいかな？」

「うん。惚れ薬のためよ」

「え？」

あかりは、反射的に聞き返す。そんなあかりに、翠ははっきりと口にした。

「あたしは、それを飲んだ人があたしを好きになってくれるような薬が欲しいねん。それが惚れ薬やろ？」

「――えっと、惚れ薬？」

「うん、そう、惚れ薬」

あかりは、よくわからなくて、何度も聞き返す。

「ということは、惚れ薬を使いたい相手がいるって、こと？」

「いややな、あかり。そうはっきり言われると、めっちゃ照れるやんか」

そう言いながら、翠はあかりの二の腕に、するりと自分の腕を絡めた。そしてあかりを引き寄せ、耳もとで内緒話をするように声を落とす。

「最近気になってる子がいるんよ。同じクラスの子なんやけど、なんか、近づくきっかけがなくて。だから魔女って人に助けてほしいの。協力して。お願いっ」

翠が腕に体重を載せてくるので、あかりはフラフラとよろける。そして、体勢を立て直しながら、心の中で考えた。

話してみれば、翠は思ったよりも親しみやすい性格で好感が持てる。ただ、だからと言ってラーラの都合を聞かずに、このまま翠とふたりで訪ねていっていいものだろうか。

いきなりクラスメイトを連れてお邪魔して、ラーラの迷惑にならないかな？　でも、もしかしたら香桜さんのときのように、もっと自称魔女のラーラと親しくなるきっかけになるかも……。


ラーラの家の門が見えるところまでくると、そのそばの塀の上で、黒猫が寝そべっていた。

あかりと翠がラーラを訪ねてきたのがわかったのだろうか。音もなく起きあがり軽く伸びをすると、塀の向こう側へ姿を消した。

「あれ？　いま黒猫がいたよね。もしかして、魔女の飼ってる黒猫？　らしいわぁ」

瞳を輝かせて声をあげる翠に、あかりは小さくため息をつく。翠が面白がりすぎている気がして、ラーラの機嫌を損ねないだろうかと心配したからだ。

そのとき、門が開いてラーラが顔を覗かせた。

「あら、やっぱり。いらっしゃい、あかり」

にっこりと笑みを浮かべながら、ラーラは門の外に出てきて言った。白い薄手のゆったりとした長そでのセーターに、細身の濃紺のジーンズ姿。髪はゆるく背で束ねて、青いリボンでくくっている。どう見ても現代に生きる、爽やかな若い女性だ。

やっぱりと口にしたラーラを見て、あかりは、黒猫の山田さんがラーラに来客を知らせに行ったのだと想像する。

「こんにちは。ラーラ、時間ある？」

「ええ、どうぞ。あら、こちらはどなたかしら？　あかりが誰かを連れてくるなんて、めずらしいわね」

「うん……。ちょっと、ラーラに会わせてほしいって頼まれちゃって……」

あかりが口ごもっていると、翠がふたりのあいだに顔を突きだした。

「え？　もしかして、あなたが噂の魔女さんですか？　あたし、あかりの友人の東郷翠って言いまぁす。あかりのクラスメイト」

馴れ馴れしいくらいの口調で、翠が自己紹介をする。その隣で、あかりは苦虫を嚙みつぶしたような顔をした。

わたしの親友は、真波なの。今日、初めて口をきいたかもしれない翠に友だち面《づら》をされるのは、なんだか面白くない。それに、ラーラが翠をあっさりと受け入れているのも、なんだかなと思う。あかりの胸中は、複雑だ。

あかりのその想いが伝わったのだろう。ラーラは、あかりに苦笑を浮かべてみせてから、ふたりに向かって言った。

「魔女ラーラの館へようこそ。女の子をすてきにする相談だったらなんでも乗るわよ」

そして、どうぞと門の内側へ案内した。


「なあ、あかり。あの人がホンマに魔女なん？　なんか、らしくないわあ」

ラーラがキッチンに姿を消すや否や、縁側にあかりと並んで座った翠が言い出した。

「それに、身長が高くて細くって脚が長いけど、胸が全然ないやん。美人なのに、惜しいよねえ。もう少し胸があれば、モデルも夢やなさそうやのに」

「翠！」

慌てて翠の口を両方の手のひらでふさぎ、冷や汗を掻きながら、あかりはキッチンのほうをうかがった。

それは、なんでも口に出してしまうあかりでも、気がついているのに唯一口に出せなかったことだ。

細身なラーラは、すべてが細いのである。手、脚、腰。それらは細いほうが女性として魅力的だけれど、胸だけは豊かなほうが女性らしく見えるはずだ。

だが、あかりはラーラが踊りに入れ込んでいるせいで胸も豊かにならないのだと、自分を納得させていた。運動をしている女性は、総じて豊かな脂肪より強靭な筋肉がつきやすい。

失礼なことを口にする翠を、あかりは牽制の意味を込めてひと睨みする。すると翠は、わかったわかったと言いたげに声をたてて笑った。

その後、キッチンからラーラが姿を現したので、あかりと翠は口を閉じた。縁側に座ったまま前を向き、ピンと背を伸ばす。

用事があるのは翠だとわかっているように、ラーラは温かいカモミールティーの入ったカップをふたりのそばに置くと、翠の横へ腰をおろした。

すぐに翠は、ラーラに対して用件を口にする。

「魔女さん、実は、あたしに薬を作ってほしいんやけど！」

あかりは、ふたりの会話を、リンゴのような香りのお茶を飲みつつ聞く。あらかじめここに来る途中に、翠から惚れ薬が欲しいと聞いていたから、今はそれほど驚きはない。

あかりは、そんな薬があるはずがないと思いつつも、自称魔女のラーラがどう返事するのか、興味津々で耳をそばだてる。

「あら。あなたは魔女が作るような薬が必要だと言うのね。それはどんな薬なのかしら」

ラーラは、笑顔で聞き返す。

翠は、やっと希望が叶うとばかりに力をこめて言った。

「実は、気になる人ができたの。だから惚れ薬を作ってもらいたいねん。その彼もあたしのことが気になって、あたしのことを好きになってくれるような惚れ薬！」

「あら、気になる人ができるとは、なんてすてきなことかしら。毎日楽しいでしょう？」

直球で投げられた言葉に、ラーラもうれしそうな表情になってあっさりと受け入れそうな勢いだ。

その様子に、あかりのほうがガクッと拍子抜けする。翠の言葉を聞いたラーラも笑顔で頷くなんて、意外と魔女に惚れ薬を要求する人たちが多いのだろうか。

丸ごと肯定されたことがうれしいのか、翠は満面の笑みで言葉を続けた。

「そう！　同じクラスの男子で、ちらっと姿が見えるだけでうれしいねん。いかにも硬派って感じの彼で、もっとお近づきになりたいけど、あたしみたいなタイプは苦手かもしれへんし、きらわれたくないやん？　だから、絶対うまくいくような惚れ薬を作ってほしいねん」

「惚れ薬ね。参考のために、あなたと彼のこと、いろいろ詳しく教えてもらえるかしら」

「いろいろ？」

「ええ。ほら、だって惚れ薬っていうのは言葉どおり、薬でしょう？　詳しくあなたの症状を聞かないと、あなたの望む効能がある薬を処方できるかどうか、判断できないじゃない？」

「そっかぁ」

笑顔のラーラに言われて、翠は納得したような表情になる。

そもそも女子は、気になる男子の話を語りたくなるものだ。

そばであかりが耳をそばだてていても抵抗がないのか、あかりにも自分の想いに共感してもらいたいのか、翠は嬉々として話し始めた。

「彼は、岩崎亮太《いわさきりょうた》くんという名前で、サッカー部のキーパーをしてんねん。亮太くんは、体が大きくて、ちょっと怖い感じ。あんまりクラスでも女子と話をしてるのを見たことがなくて、話しかけにくいねん」

翠の呼び方にならって、亮太くんという男子の姿を、あかりは脳裏に思い描いた。

あかりの認識では、彼を語る翠の華やいだイメージの対極にいるような、厳《いか》つい系スポーツマンだ。オシャレに余念がない彼女とサッカーひと筋の硬派な彼。たしかに、ふたりが並んで釣り合うかどうかと問われれば、答えに迷うかもしれない。

「翠は、どうして彼を、いいなって思ったのかしら」

ラーラが尋ねると、よくぞ聞いてくれたとばかりに、翠は瞳を輝かせた。好きな人のことを聞かれるだけで、翠はうれしいらしい。それでも焦らすように、白々しく横を向いてから、ラーラの様子を横目でうかがう。

「え〜。ちょっと恥ずかしいやん……」

「私は、その亮太くんを知らないんだもの。薬の調合のためにも、照れないで彼のことを教えてちょうだい」

にっこりと笑いながら、ラーラは話の続きを促す。

最初は口が重かった翠も、すぐに早口で語り出した。

「いいなって思ったんは、ひと月ほど前やろか、コンビニに行ったとき彼を見かけたんよ。あたしは先に店内のジュースを見ていたんやけど、気がついたら、彼がずっと冷蔵のスイーツ売り場の前で、いろいろな商品を真剣な顔で眺めてて」

あかりは、スイーツ売り場の前にいる亮太の姿を、頭の中で思い浮かべてみる。真剣な表情は想像できるが、スイーツを前にしている図は想像できない。

「初めは、誰かに頼まれて買いにきて、どれを買っていいのかわからずに迷ってるんかなって思ってたんやけど。しばらくして、いくつかカゴに入れてレジで精算が終わったあと、袋の中を覗き込んで、めっちゃうれしそうな顔をしてん！」

　そのときの光景を思い出したのだろうか。

　翠も、それこそうれしそうな顔になって、言葉を続けた。

「あの顔見たら、なんて言うん？　きゅんとなってね。サッカーばっかりやってる堅物の彼からは想像できないギャップ萌えって言うんやろか、もうそれから彼が気になるようになって」

　翠は、本当に幸せそうに彼を語る。そんな彼女を、ラーラも楽しそうな笑顔で眺めながら耳を傾ける。

　亮太の知られざる姿を知ったことで、そばで話を聞いていたあかりは、翠と亮太が並んでいても、それなりにお似合いじゃないかという気になっていた。

「でも、あたしがどんな風に好きになったかとか聞いて、ホンマに惚れ薬って作れるん？」

　ふと我に返ったように、翠が尋ねた。ふたりのやり取りを無言で聞きながらハーブティーを飲んでいたあかりも同じように思う。

　すると、ラーラは自信たっぷりに笑顔で宣言した。

「ええ、大丈夫よ。今の話を聞いていて、あなたに合わせた惚れ薬を作れると感じたわ」

「ホンマに？」

「作れるの？」

翠とあかりは、同時に声をあげる。

ラーラは、ニヒヒと声をたてて笑った。

「惚れ薬は作れる。でも、すぐに効果が出るものは体に悪影響があるわ。副作用が現れたり、急激な変化で周囲から奇異の目で見られたり」

翠は、ああそうかというような表情になる。

「副作用は嫌やし、変な目で見られるのも困るかなぁ」

「だから即効性のある薬じゃなくて、徐々に相手の気持ちを自分に向けさせるタイプの惚れ薬なんて、どう？」

ラーラは、笑顔のまま提案した。翠は、じっと思案する。

「時間をかけて、なぁ。気持ちとしては、今すぐにでもデートとかできるようになりたいんやけど……」

「でも、魔女の執り行う儀式では、効果が期待できる新月まで待つ必要があったり、秘薬を作るために、材料を集めたりするから時間がかかるものもあるのよ」

「新月って？　満月の反対の？　以前にも月齢の説明は聞いたことがあるけれど、月って魔術と関係があるの？」

気になって、あかりは思わず横から口を挟む。

ラーラは、質問をしたあかりに顔を向けた。

「魔女が儀式を行う意味の新月は満ちていく月のことで、月が満ち始めてから満月の前日までね。金運や恋愛のような増幅を願う儀式は、新月の期間に行うの。逆に満月から新月に向かう期間は闇月といって、呪いや撃退の儀式を行うのよ」

「そうなんだ……。やっぱり魔法って、いいものも悪いものも両方あるんだ……」

「海から生まれた私たちは、月と呼応するように、体の中で潮と同じ満ち引きがあるの。だから本来は魔術の儀式としては、月齢を考えながら祭壇やろうそく、植物などの魔術具を用意するのよ。今回のように秘薬を作るのであれば、もとになるのは植物が中心になるかしら」

「それってやっぱり、ハーブとか薬草とか？」

あかりが続けて口にする。

「そうね。昔から魔女は庭にハーブを植えて、必要なときに摘み取ったハーブから、ポプリや精油を作って恋愛成就などの願いをかけるのよ」

「そういえば、この家の庭って、すごく草が茂ってるよね」

ラーラの言葉を聞いた翠が、目の前に広がる庭の奥を指さした。するとラーラは、よくぞ聞いてくれたとばかりに身を乗りだした。

「ここは、私の秘密のハーブ栽培場所なの。よく観察してもらったらわかると思うけれど、四季折々の花やハーブが、いっぺんに咲いているでしょう？　私の魔法の技よ」

「そうなんや。あんまり花に詳しくないから気づかんかったわ」

翠はそう言って、庭の草花に改めて注意深く目を向ける。

ふと皆が口を閉ざし、黙って庭の草花を眺めていたせいだろうか。ラーラは、昔を懐かしむように目を細めると、翠とあかりに思い出話を始める。

「魔女は新月に決め事をするものなのよ。いまでも私たちは、新月の夜にほうきに乗って魔女集会に行くの。そこで、キャンドルをともして火を崇め、香《インセンス》で気持ちを鎮めて、その煙で身を清めて儀式を行っているわ。そんな私たちの天敵は、教会の鐘ね。あれが鳴ると、魔女は力が抜けてほうきから落ちちゃうの」

「えー。ほうきに乗って魔女の集会だなんて、嘘やろ？　マンガやアニメみたいやん」

さすがに翠は、笑いながら声をあげる。

「そこは、嘘なんて言葉を使ってはいけないわ」

「でも」

「そういうときは、嘘！　って反応をするのではなくて、本当？　って言うのよ。否定ではなく、プラス思考でポジティブにね」

「え〜。だって、頭の中で嘘だと思っているのに、本当？　なんてとっさに出ないよ」

「そこを、あえて本当？　って言うクセをつけるほうがいいと思うわ。あと、なにかをしてもらったときには、すみませんって謝るのではなくて、ありがとうって言うの。それだけでお互い、気持ちがいいものへ変わるわよ」

そう言って笑みを見せた魔女ラーラは、とびっきりのステキなウインクをしてみせた。

そんな魔女が気に入った様子の翠は、親しげにラーラの腕に、自分の腕を絡めて引き寄せる。ラーラの顔を覗き込んで、改めて自分の頼み事を口にした。

「ねえねえ、魔女のラーラ。それじゃあ時間をかけたら、あたしに合った惚れ薬って作ってもらえるん？」

「ええ、いいわよ」

「やったあ。ホンマに、約束よ！」

「でも、さっき説明したとおり、即効性はないわよ。十分に時間をかけて、ゆっくり下準備をするの。その準備は、きっちりするほど効果的よ。あと、相手だけではなくて、自分も一緒に飲む必要があるわ。その場にいるふたりがうまくいく可能性が高まるから」

「へぇ！」

真剣に聞きながら徐々に瞳を輝かせる翠に、ラーラは満面の笑みを向ける。

「だから、あなたには、これから私が言うことをまずは一ヵ月ほど、実行してもらうわよ」

「え？」

「体の細胞が入れ替わるのには、だいたい一ヵ月くらい必要だから」

「細胞が入れ替わるなんて、なんだか怖い」

ふいに翠は、目の前にいる女性が得体の知れない魔女だということを思い出したかのように、顔をこわばらせる。ラーラは、にぃっと唇の両端をつりあげて笑った。

「なあに？　怖気づいたの？　魔女を頼って、惚れ薬を手に入れようと考えていたんでしょう？　あなたの覚悟はその程度なの？」

「ラーラ、悪い魔女みたいで怖い」

あかりも思わず、翠に加勢をするように言う。

するとと、ラーラは弾けるように笑い声をあげた。

「そんなに深刻に考えることではないわ。あなたの古い表面が剝がれ落ちて、肌が新しく生まれ変わるのも、月の満ち欠けに合わせるように生命の核となるものの寝床が整えられるのも、だいたい一ヵ月ほど。それを長いと思うか短いと思うかは、あなたの覚悟次第ね。一ヵ月後、あなたの体が入れ替わったときに、惚れ薬は完成する。それをあげるわ」

「ラーラ、そんな約束をして大丈夫なの？」

さすがにあかりは不安になって口を挟んだ。

「ええ、大丈夫よ。恋する女の子にとって一ヵ月くらい、あっという間よ。そのくらい頑張れるわよね」

「もちろん！」

翠が即答すると、ラーラは歌うように告げた。

「それなら、あなたのための惚れ薬を作りましょう。そして、その惚れ薬に効果が現れるように、私が儀式を執り行いましょう。儀式の日は、新月の魔力が最大になる一ヵ月先。その儀式が成功するように、そのあいだの一ヵ月間は私があなたの穢れを祓い、女の子として磨いてあげるわ」

◇　◇　◇

「ってことが、ありました。話が長引きそうだったから、わたしは途中で先に帰ったんだけれど」

あかりは次の日の昼休みに、真波に事細かく報告をする。お弁当を食べつつ、真波は頷きながら感想を述べた。

「そうかぁ。面白そうな話やん。惚れ薬かぁ。ホンマに作れるんやろか。わたしも魔女の話を聞きに、一緒に行きたかったな」

真波の言葉に、あかりも大きく頷いた。

ラーラに真波を紹介したい気持ちはある。最初はラーラを変人だとばかり思っていたけれど、今はお隣の頼れる博識のお姉さんだ。

――あかりにとって、ちょっぴり不安があるとすれば、ラーラと真波のいろいろなものの考え方の相性がよさそうなこと。もし真波をラーラに紹介したら、自分が爪はじきにされたりしないかという心配はある。

あかりは、改めて言う。

「真波。ラーラのところへは今度、一緒に行こうね」

「そやね」

そう言いながらお弁当を食べ終えるころ、あかりの背後に、翠が近づいてきた。

いち早く真波が気づいて、彼女に問いかける。

「どう？　魔女のおまじない、うまくいきそう？」

真波の言葉に、翠は片手をあげて、ニギニギと指を曲げるような仕草で応えた。

あかりは翠のほうに顔を向ける。そして、すぐに彼女の指先に、変化があることに気がついた。

昨日まで華やかなネイルアートで彩られていた翠の指先が、極端なくらいにシンプルになっている。

「翠……？　爪が」

あかりが思わず呟くと、翠は両手の甲をあかりに向け、満面の笑みを浮かべた。

「ああ、これ？　あたしのつけ爪って両面テープのタイプだったから、すぐに取り外しがきくねん」

「へえ」

「なにもつけないでいると、初めは寂しいかなって思ったけど。慣れると楽やねえ。なんであんなにゴテゴテ過剰に盛ってたんやろな」

あかりが目を丸くしていると、翠は、恥ずかしそうにするりと手のひらで頬を撫でながら言葉を重ねた。

「あたしとしては、いまは爪より、スッピンでいるほうが恥ずかしいねん。肌が荒れてんのに、隠すための化粧も不可って言われて。なんか自然であることを大事にする魔法やから、人工的に作られたものはダメなんやって。これまで使っていた化粧品は全部却下やって言い渡されたわ」

ため息まじりの告白に、あかりは、やっぱり翠は化粧をしていたのかと、納得するように頷いた。

「そうなんや。それは、普段から化粧をしている人にとってはつらいね」

真波が、やさしげな口調で同意する。すると、翠はパッと輝くような笑みを浮かべた。

「でも、どんな化粧品にも勝る最高の化粧は笑顔だって言われたから、そこは笑顔で頑張るねん！　惚れ薬のためやし」

最後のほうは、内緒話のように、小さくささやく。

その翠の言葉を聞いて、あかりはもうひとつ、大きなことに気がついた。制服を少し着崩していたイメージの翠の身なりが、今日はどことなくすっきりとしているのだ。

一番上までしっかりボタンをかけて、まっすぐ襟もとを整えているせいかもしれない、それとも膝上丈だったスカートが、やや長くなっているせいだろうか。制服の着こなしがなんとなく、折り紙の角をきっちりと合わせたような印象になっていた。

翠は見た目が派手なだけで、本当はこんなに素直な性格だったのだ、と、あかりは思う。

翠は化粧をしていないから、肌の荒れが目立つと自分では言っているけれど、もともときれいな顔立ちをしている。顔もいい、性格もいい。派手な外見の内側に、こんなにすてきな原石が隠されていたことを、ラーラは見抜いていたのだろうか。だから協力する気になったのだろうかと、あかりは深読みする。

「でも、肌のトラブルや美容にいいっていう、湯船に入れるハーブをもらったから、昨日は花風呂やっててん。ハーバルバスって言うんやって。ハーブを湯船に入れないときは、ラベンダーとかバラとかローズマリーって花の精油をお湯に落とすといいんやって、それもいくつかもらったし、ハーブと塩を混ぜたハーブソルトも、たくさんもらっててん」

思わぬところで、翠は、化粧に代わる趣味となりそうなものを見つけたらしい。好きなことなら続くだろうなと、あかりは思う。

「お風呂で使うハーブやアイデアを、いくつももらったんだ。なんだか楽しそう」

あかりの言葉に翠は、瞳を煌めかせて続けた。

「そう！　バスタイムがホンマ楽しいねん！　昨日なんて髪を洗うのに、シャンプーを使っていないねん」

「え？　どうやって洗ってるの？」

あかりと真波は、同時に声をあげる。翠はうれしそうに口を開いた。

「卵の白身」

「え？」

「あたしは髪が長いから、必要な卵の白身は四個分。それを泡立て器で泡立てて使うねん。これに、レモングラスっていうハーブの精油で香りをつけて、髪にまんべんなくパックするねん。すると、いままでにないくらい、頭皮がすっきりするんよ」

あかりは驚きで、へぇ、という間の抜けた返事しかできない。

「あ、残った卵黄は、黄身が濃い目の玉子焼きになったり、パパが喜んで卵かけご飯で食べたりしてるねん」

「なんか、いままでと正反対。すっかりナチュラル志向やね……。全部自然のものを使ってるんや」

真波は感心したように頷くと、さらに興味津々の顔になる。

「惚れ薬の効果のために、ほかに、どんな決まり事があるん？」

するど翠は、思案顔になって、ゆっくりと説明を始めた。

「とにかく毎日、夜の十時には寝ることが第一条件やねん。あたし、もともと塾もなにも行ってないから、そこらへんは全然問題ないんやけど。ああ、でも、夜中にコンビニとか行けないのがちょっとつらいくらいやな」

「ああ、コンビニね」

あかりの中では、翠は夜の三宮とかに出かけていって夜遊びをするイメージがあったが、どうやら思い違いだったようだ。

あかり自身は、日が暮れてからは面倒くさいという理由でコンビニへは行かないが、翠もあかりとたいして変わらない女子高生なのだと、改めて思った。

「あと、毎朝きちんと朝食を食べることや、食事の内容も野菜中心にしなさいって、めっちゃハーブの説明をされてん」

翠の言葉に、あかりと真波は苦笑する。

「あ、それから、寝る前に飲みなさいって、美白効果のあるヒースやエルダーフラワーっていうハーブティーをもらった。それに、寝るときに枕もとに置きなさいってハーブの匂い袋ももらってん。それのおかげか、昨日はぐっすり眠れたわ」

「へぇ……」

そこまで聞いて、あかりはふと、あることが気になった。

「なんか翠って、すごくハーブの名前を覚えてるよね？　わたし、何度聞いてもそこまですらすらと言えないんだけど」

「興味のあることは、すぐに記憶するほうやで。でも高校の授業って、興味がなかなかわかなくて、ちっとも頭に入らへんわ」

翠は笑いながら、赤い小さな舌をちろりと見せる。

「それから、ハーブティーを手作りしているからって、いろんな種類をもらってん。さっそく飲んでみたハイビスカスティーは、酸っぱいから苦手やったわ。クエン酸やリンゴ酸が入っているらしいから仕方ないけど。でも、若返りのローズヒップや肌荒れ防止のカレンデュラとか、本当にたくさんもらったから、これから毎日、味を替えて楽しめそう」

あかりは、楽しげに話す翠の様子を見ていると、ひょっとすると、ひょっとして……と、好奇心が動きだす。これから一ヵ月で翠に、どれほどの変化があるのだろう。

一日で、これだけ変わるのだ。ラーラ曰く、一ヵ月で体が入れ替われば、今は目立つ肌の荒れもなめらかに生まれ変わるのではなかろうか……。

「ほかには？　ハーブのお風呂やお茶だけやのん？」

真波も興味津々といった表情で、さらに訊ねた。すると、ふいに翠がコホンと小さな咳をし、改まった口調で話し出した。

「言葉遣いかな？　なんか言葉には魂がこもるからって。できるだけ丁寧な言葉を使いなさいって。ほら、魔女が魔法を使うときには呪文を唱えるでしょって。だからなおさら、言葉に気をつけないといけないみたい。言葉遣いは丁寧に、あと悪口や不平不満は言わないようにって」

それを聞いたあかりは、心の中で大きく頷いた。

言霊《ことだま》という、言葉に宿る強い力は侮れない。それに、惚れ薬とは別にしても翠の軽々しい発言を正せば、より魅力が増すだろう。

あかりがそう考えていると、翠が急に、もじもじとした態度になった。

訝し気な表情になったあかりと真波に、小さな声で告げる。

「あとね。一日にひとつ、彼に質問をしなさいって。好きなスポーツとかぁ。好きな食べ物とかぁ。でも、好きなスポーツって言っても、彼はサッカー部やし。コンビニスイーツが大好きなことは、もう知っているしぃ」

そう言いながら、翠は教室の入り口付近の机に集まって、数人と雑談をしている彼を横目で見て、照れたように笑う。あかりは、へえ、とだけ口にすると、同じように彼のほうに視線を移した。

集まっているのはサッカー部の男子たちらしく、亮太と拓馬が小突き合っている姿が目に映る。たいした興味も感じなかったあかりは、すぐに翠のほうに視線を戻した。

一方、真波はニヤニヤとうれしそうな表情になり、翠に言葉の先を促す。

「毎日ひとつ質問をするなんて、けっこうハードル高そうやね」

「そうやねん！　その上、そのひとつの質問をするときに、彼との距離は四十五センチ、それに絶対相手の目を見て訊ねなければいけないらしくて。それが魔法の効果をあげるポイントだからって。今日は彼の行動をよく観察して、明日から一ヵ月続けようと思ってるんよ」

翠の話は、留まる気配がない。

その日、あかりと真波は翠の話を聞いているだけで、昼休みが終わってしまった。

◇　◇　◇

「ラーラ、おばあちゃんから、和菓子の差し入れだって」

土曜日の昼下がり。あかりは、門の外からラーラに声をかける。

いつも塀の上にいる黒猫の山田さんの姿が見えなかったので、ラーラを呼びに行ってくれる役目を引き受けてもらえなかったからだ。さすがに寒くなってきたので、山田さんは、壁の上よりも陽のあたる暖かい場所へ移動しているのだろうか。

「あら、あかり。いらっしゃい！」

ラーラが門を開け、うれしそうにあかりを招き入れた。

「和菓子ですって。とてもうれしいわ」

「おばあちゃんは、時々和菓子を手作りしてくれるんだよ。今日はサツマイモを使った名月っていう和菓子なんだけど」

あかりはそう続けながら、ラーラのあとを追って縁側に向かう。

「だったら、今日は温かい緑茶にしましょうか。あかりも一緒に食べるでしょう？」

そう言って、ラーラは縁側から家の中へ入っていくと、キッチンでお茶の用意を始める。あかりは返事をしたあと、庭をぐるりと見渡して、前に来たときと様子が変わっていることに気づいた。どうやらラーラは、広い庭の正面のあたりで、新しい花を育てているようだ。見慣れない苗が植えられ、すぐそばにジョウロが置かれていた。

トレイに緑茶の入った湯呑みを載せてきたラーラに、さっそくあかりは聞いてみる。

「ラーラ、あそこに植えた苗って、新しいハーブなの？」

「ああ、あれは、惚れ薬を作るために植えたのよ」

真顔でさらりと返したラーラに、あかりのほうが驚いた。

「え？　惚れ薬って本当に作れるの？」

「ええ、もちろん。私に作れないものはないわ。でも詳しいことは、その日に教えてあげる。それまでは内緒」

自分の唇の前に、ラーラは人差し指を立てる。

そのあとに、ニヒヒと声をあげて、クシャリと笑った。

「さあ、お茶が冷めないうちに、和菓子をいただこうかしら」

無邪気にうれしそうな顔を見せるラーラに、あかりもつられて笑顔になって包みを開く。

秋の和菓子である名月は、作り方はシンプルで簡単なわりに、とてもおいしい。ガーゼでくるんだくちなしの実とともに、サツマイモを柔らかく茹で、砂糖とシナモンと少々の塩を混ぜる。その生地を、ラップを敷いた巻きすに広げ、あらかじめ作り置きしていたこしあんを棒状に載せて巻くだけだ。あかりはそれを輪切りにして、ラーラのところに持ってきた。

「季節のお菓子っておいしいわね。いくらでも食べられちゃうわ」

満足そうに黄色の和菓子を頬張るラーラにつられて、あかりもそれを口に入れた。

熱い緑茶と和菓子の組み合わせは格別だ。

「それで、彼女の学校での様子はどうかしら」

ひと息ついたところで、ラーラのほうから訊ねてきた。

あかりは、自分も話題にしたかったので勢い込んで話しだす。

「ラーラに言われたって、次の日から、服装も言葉遣いにも変化があったよ。わたしから見ても、全体的にすっきりしてよくなってる。ラーラの言葉を、ちゃんと守ってるみたい」

「あらそう！　それはよかったわ」

「でも、そんなことで魔法の準備になるの？」

疑わしげに、あかりは上目づかいになる。すると、ラーラはニッコリと笑った。

「ええ、そうよ。だって、まず人は、見かけで判断するでしょう？」

「――そうかな？　大事なのは中身だと……」

「あはは。それは建前だって、あかりもわかっているんでしょう？　目が泳いでいるわよ」

言葉に窮するあかりに、ラーラは続けた。

「あなた、彼女の最初の印象はどうだった？　それから、今の印象は？　ずいぶんと変わったのではなくて？」

まったくそのとおりだ。あかりは潔く頷いて認めるが、それでも疑問を口にする。

「でも、それが魔法や惚れ薬と、どう繋がるのかなあ」

「だから、彼も同じなんじゃないかしら。今まで気にもしていなかった女の子が、急に女の子らしく見えてきたら気にならない？」

「そうかなあ……。そういうレベル？」

「そうよ。そういうレベルの積み重ねが、あとあと魔法の効き目をよくするのよ。ほら、薬といっても効き目には体質も関係して、すごく効く人もいれば、まったく効かない人もいるじゃない？　だから薬が効きやすいように、あらかじめ体質を変えておくのが大事なのよ」

「体質かあ。魔女の魔法で、体質が関係してくるとは思わなかったな」

「そう、体質。それに彼女に、毎日彼へ質問をしてもらっているのも、彼女や彼に合う薬を調合するヒントにするためよ」

「あれが？　一日ひとつ、好きなものや趣味を訊いたりしているのが？」

「ええ、そうよ」

怪訝な表情のあかりに、ラーラは種明かしをするように説明した。

「彼女は最初、硬派そうなのに甘いものが好きだというギャップがあるのを知って、彼が気になりだしたって言っていたわよね。その逆もしかりなのよ。いままで派手な格好で、砕けた口調だった女の子が、急におしとやかになるってギャップじゃない？　さらに、その彼女が自分に対して熱くアピールしてるんだから、驚くでしょう？」

「あれ？　それって、相手にバレてる作戦？」

意外そうに言ったあかりに、ラーラはニッと笑みを浮かべる。

「そうだけれど、あのくらいの決して押しつけではない好意は、相手も嫌な気持ちにならないでしょう？　それに、毎日会って話しかけるのも大切なの。『単純接触効果』って言われていて、それを続けると、相手も自分に好意を持つようになるのよ。警戒心がどんどん薄れていくの」

そういうものなのかと、あかりは思う。どちらかといえば、心理学や行動学のようなものが論理の根拠になっているような気がする。

そう感じたあかりは、ふと思いついて尋ねた。

「そう言えば、話すときは、相手との距離が四十五センチってなに？　それも、なにかの法則なの？」

「そう。それも魔法のための下準備なのよ」

「え～？　本当に？」

「ええ。実は人には、相手とのちょうどいい距離というものがあるの。あまり親しくなくて緊張する相手ほど近くに寄られると不快に感じるし、親しい相手なら近くに寄られても不快には思わない、パーソナル・スペースというものね。距離だと、パーソナル・ディスタンスと言うべきかしら」

「へえ」

「友だち関係の場合、許せる距離は、平均して四十五センチから百二十センチ。恋人だったら、四十五センチ以下というデータがあるの。だから、その境界線の距離を指定したのよ」

「それのどこが、魔法の下準備になるの？」

「魔法と科学は、もとは同じって言ったことあるでしょう？　人間の心理も、もとは魔法や願掛けと同じようなものだからよ」

「質問のときに、目を逸らさずに見てするようにって教えたんでしょ？　でもそれって、ちょっと怖くない？」

翠との会話を思い出して、あかりは訊いた。

あかりは今、そんな相手なんていないが、好意を持つ相手をジッと見つめながら声をかけるなんて、想像するだけで恐ろしい。

ララは、フフッと笑みをこぼして口を開いた。

「あかり、『吊り橋効果』って知っているかしら？　専門的には錯誤帰属《さくごきぞく》って言うんだけれど」

「吊り橋効果って。うん、よく聞くあれでしょ？　ドキドキすると、カップルが成立する可能性が高くなるって」

「そう。人は吊り橋の上に立っていると、緊張や恐怖から心拍数があがるんだけれど。彼が、彼女が目の前にいるせいで心拍数があがっているって、勘違いしたとしたら。恋愛を意識するようになるという説ね。その上で、彼女が自分に気がありそうだと思うと、まんざらでもないでしょう？」

「ドラマや小説じゃあるまいし、そううまくいくかなあ」

あかりは、半信半疑で声をあげる。

しかし、ララは自信たっぷりに請け合った。

「あら。恋愛でもなんでも、偶然が重なって縁ができたり離れたりするものよ。それを今回は意図的に、けれどもフェアな方法で作り出そうとしているだけ。好意を見せれば、人間って単純だから、好意を返すものよ。それは『好意の返報性』って呼ばれているんだけれど」

「でも、全員が全員、好意を返すわけじゃないよね」

「そうなれば、その相手はそういう人だということよ。好意を返してくれる相手なら、惚れ薬の効果は大きくて、返してくれない相手なら、効果のありそうな別の薬や方法を考えないといけないかもね」

「なんだか恋愛って大変そう」

ため息をつきながら、あかりが言うと、ラーラは声をあげて笑った。

「好きな相手ができたら、女の子は少しでも恋人になれる可能性をあげようと必死になるものよ。きっとあかりには、まだそんな相手が現れていないから大変そうだなんて思うんだわ。ちなみに、じっと見つめて質問をするとき、三秒見つめてから先に視線を逸らすのも、より効果的なのよ」

「え～。嘘」

「ほら、あかり。前にも言ったわよね。そこは本当？　と聞くべきよ。なに事も、まず肯定から入る癖をつけると、運気があがるわよ」

笑って続けるラーラに、あかりは呆れたような表情で呟いた。

「なんだか魔法とか惚れ薬とかおまじないとか、話を聞いている限り、あんまり魔女の方法らしく思えないよね」

「そんなことないわ。魔法を成功させるために、その下準備をしっかりすることで成功率をあげようとしているのよ。魔術は、脳科学や心理学の論理に通じるものもあるし、科学と魔法は同じものって言ったことがあると思うけれど、科学的に説明できる根拠があるものよ」

そう言い切ったラーラは、あかりに向かって口角をあげ、ニヒヒと笑ってみせた。

◇　◇　◇

昼休み、昼食が終わったらしい翠がおもむろに立ちあがり、亮太のところに、つつつっと寄っていく姿が見えた。

気づいたあかりと真波は、それまで話していた話題を打ち切り、口をつぐんで様子をうかがう。そして、彼女が今日はどんな質問をするのかと、耳を澄ませた。

「――ねえ、聞きたいんやけど。亮太くんは、どんな映画が好きなん？」

「え？　映画？　えっと、ああ、冒険ものとか、パイレーツ・オブ・カリビアンのシリーズとか」

最初に報告に来たあとは、翠は昼休みを、彼への一日ひとつの質問の時間に費やしていた。その翠の姿が以前にも増して、妙にきれいに思えるのだ。

美肌効果のバスタイムのおかげで、スッピンの肌が輝いているのだろうか。卵の白身シャンプーが、髪を艶やかにしているのだろうか。

「ねえ、真波。翠って、変わった？」

「まさに、恋する女の子は美しくなるってことやろか」

真波も気がついていたようで、すぐにあかりの言いたいことを察して頷いた。

「でも、皆が皆、恋できれいになるわけじゃないよね」

「ああ、あれやない？」

ふいに真波は思いついたように声をあげた。

「早く寝るようになったって言ってたやん？　睡眠が足りてて肌の調子がいいとか」

「あ〜、それはありえるかも」

夜更かしは美容の敵という言葉がある。つまり、逆は美容にいいということだ。

漏れ聞こえるふたりの会話に、あかりと真波が目配せをした瞬間、あかりの後頭部になにかが当たり、軽い衝撃を感じた。すぐにそれが、手のひらサイズの紙パックで、頭を叩《はた》かれたせいだと気づく。

　あかりに、こういう手荒いことをするのは、幼馴染みしかいない。振り返りながら、あかりは後ろの席に陣取った拓馬を睨みつけた。

「ちょっと！　なにすんのよ。痛いじゃない！」

「なんやねんって言いたいんは、こっちのほうや。最近のあれ、あの女が昼休みのたびに亮太に声かけてくるん、なんやねん？　おまえの入れ知恵ちゃうんか？」

「ああ、あれ」

　まったくの無関係ではないため、あかりの反論の勢いが衰える。それに気づいた拓馬が言葉を重ねた。

「おまえ、やっぱり関係あるんか。毎日毎日なんやねん、あれ。亮太は同じ部活やから、あいつの調子が狂ったら俺らが困るんや」

「ああ、そういえば、同じサッカー部だったっけ」

　今ごろ気がついたのかと言わんばかりに、拓馬はあかりの顔を下から覗き込み、顔をしかめてみせる。そんな拓馬を見ながら、あかりはいいことを思いついた。

「拓馬って、亮太くんのこと、よく知っているよね。なにか彼に関する情報ってないかな？」

あかりとしては、純粋に、翠に協力してあげようという親切心だ。

だが、それを聞いたとたんにムッとした表情になった拓馬は、手にしていた紙パックをあかりへ放り投げた。

「ダボか！　誰がおまえに教えんねん！」

そして、不機嫌そうに立ちあがって離れていった。

あかりは、真波に向かって唇を尖らせてみせる。拓馬が投げてきた紙パックのミルクティは、まだ冷たくて未開封だった。

「なんなのよ。少しくらい教えてくれてもいいのにね。これ、ぶつけられた慰謝料代わりに飲んじゃえ」

そう言いながらストローをパックに突きさすあかりに、真波は呆れた声を出した。

「あかりって、自分のことには鈍感やな」

「え？」

真波はニマニマとした笑みを浮かべる。そして、下からあかりの顔を覗き込みながら続けた。

「彼、あかりが亮太くんに興味があるって勘違いしたんやろ？　だから気を悪くしたんや」

「うっそだあ」

真波の分析に、あかりは真面目に取り合わなかった。

「最初に拓馬が言った言葉を、真波も聞いていたでしょ？　拓馬は、翠があの彼に話しかけることを怒っているのよ。わたしには、いつもの八つ当たり」

「そんなことないって。あかり、『誰が彼のことを意識しているのか』ってことを明確にして尋ねたら、拓馬くんはきっと、あかりに協力してくれると思うんやけどなぁ」

「え〜？　そう、うまくいくかなあ？」

あかりはミルクティを飲みながら、ニヤつく真波の顔を疑わしげに見た。


帰宅後、私服に着替えたあかりは家の前でうろうろしながら、道を見張る。

そして、狙いどおり通りかかった拓馬を見つけると、両手をあげながら道路の真ん中でぴょんぴょんと飛び跳ねた。

学校帰りの拓馬が、あかりの姿に驚いた顔で、自転車の急ブレーキをかける。

「おまえ、なんや？　道の真ん中で危ないやろ！」

「ちょっと、拓馬に訊きたいことがあるんだけど……」

「なんやねん。気持ち悪いな」

　上目づかいになりながら言葉を濁す、あかりのしおらしい態度が珍しいのだろう。自転車に乗ったまま、拓馬は眉をひそめる。

「拓馬の友だちの亮太くんについてなんだけど」

　ここであかりは、真波から教えられたとおりの言葉を、一気に口にする。

「拓馬も見てわかっていると思うけど、翠が亮太くんのことを気にしているのよ。翠に協力したいから、いま亮太くんが翠に対してどんな気持ちになっているのか、あんたの目から見た彼の状況を教えてほしいんだけど」

　あかりが言い終えると、拓馬は、両眉をあげてあかりを見た。すぐに、頷いたかと思えば考える表情に変わり、やがて、いつもの突っかかってくるときのような、お馴染みの表情になって口を開いた。

「なんや、そのための情報収集かい。でも、あんなチャラチャラした女は練習の邪魔や。周りをうろつかれると、亮太のやる気が失せるわ」

「なによ。あんたのサッカー仲間は、彼女ができると適当な練習をしちゃうような人なの？」

「そんなんちゃうわ！」

ムッとした顔になり、拓馬は声をあげた。

すかさずあかりは畳みかける。

「だったら教えてくれてもいいじゃない。あんたは親友の亮太くんのことを信用しているんでしょ？　女の子を見る目を持っているんでしょ？　だったら大丈夫じゃない？　あんたの目から見て、彼がどんな様子なのかくらい教えてよ」

食い下がるあかりに根負けしたのか、拓馬は「わかったわかった」と仕方がなさそうに返事をした。

「そやな……。最近、時々彼女のことを話題にするようになったな。話してみたら、これまでの印象とは違って、意外と話しやすいって。あとは……。いつもなぜか、決まって昼休みに話しかけてくるから、昼休みが近くなるとそわそわするって言ってたな」

「へえ、もしかして、いい感じかも？」

そう呟いたあかりは、ラーラの言葉を思い出した。

たしか、〝単純接触効果〟というものだっただろうか。毎日繰り返し会って言葉を交わすだけで、相手は自分に好意を持つって話だったはずだ。もしかして、ちゃんと効果が現れ始めているのかも。

あかりが考え込んでいると、拓馬が言う。

「もうええやろ、遅くなるから帰るで。おまえも家の前とはいえ、気ぃつけや」

「え？　あ、うん。ありがと」

ハッと顔をあげたあかりは、慌てて素直に礼を口にする。すると拓馬は、一瞬照れたような笑みを口もとに浮かべた。

だが、あっと思う間もなく、彼は自転車のペダルに力を込めると、あかりの前から去っていき、すぐにその後ろ姿は小さくなった。


「すこぶる順調のようね。そろそろ総仕上げといきましょうか」

拓馬を見送っていたあかりの後ろで、ふいに声がした。驚いてあかりは飛びあがる。

「もう、ラーラ！　驚かさないでよ」

どうやらラーラは塀の上から顔を覗かせ、一部始終を見ていたらしい。あかりはふくれっ面になる。

「あはは、ごめんごめん。でも、いい感じよ。今度、いまの彼に、その亮太くんの都合のいい日を教えてもらってね。私の庭で、お茶会を開きましょう。それも惚れ薬入りのね」

楽しそうにラーラは言うと、あかりに極上のウインクをしてみせた。

ラーラは自作の招待状をあかりに託した。それを持った翠は、あかりにつき添ってもらって、亮太に手渡しに行く。

お茶会の当日、サッカー部の練習がない日だということは、拓馬に確認済みだし、招待状の名目はスイーツの試食会となっている。警戒されないために、あかりはもちろん、拓馬も行くと亮太に言ってある。

真波は家の用事で来られないことを、ひどく残念そうにしていた。あかりは、今度は真波のために、ラーラに頼んでお茶会をしてもらおうと、真波をなぐさめた。

◇　◇　◇

そして、いよいよお茶会当日。最初に翠がラーラのもとを訪ねてから、だいたい一ヵ月が経過している。

招待状に書かれた時間よりもかなり前に、あかりと翠は、ラーラの家に到着した。

庭にはオシャレなカフェテラス風に、以前にはなかったナチュラルな温かみのある木製のテーブルと椅子が置かれている。そこに座ると、あかりが座る縁側からは、表情は見えるが会話が聞こえないだろうと思われる、絶妙な距離だ。

あかりから見て、シンプルな白いブラウスに足首まで隠れるようなロングスカート姿の翠は、ひと月前とは見違えるほど、すてきな女の子になったと認めざるを得なかった。魅力的な脚を隠しても、表情に、素肌に、髪に自然の美しさがあふれている。

「一ヵ月で、こんなにも変わるものなんだね。なんて言うのかな、ゆで卵の殻を、つるんとむいた感じ？」

あかりは素直に感心する。だが、当の本人は緊張していて、なにも耳に入っていないようだ。

そんなふたりのところに、ラーラが近寄ってきた。にっこりと笑って、ラーラは言う。

「今日は、恋愛が実るように儀式を行うわ」

「どんなこと、するん？」

翠が不安そうに口を開くと、ラーラは、その不安を吹き飛ばすように声をたてて笑った。

「大丈夫。あなたは儀式のあいだ、彼との会話が弾むことだけを意識してくれたらいいわ。私が作った惚れ薬入りの食べ物を食べて、飲み物をふたりで飲んで。始めから終わりまで、すべてが儀式よ。緊張しなくて大丈夫。そして楽しい時間を過ごせば過ごすほど、惚れ薬の効果は出るのよ」

「うまくいくかな……」

「もちろん！　絶対にうまくいくわ。どうしたら楽しい会話になるかは、あなたがこれまで彼に質問したことから、もうわかっているはずよ。彼が好きなものや興味を持っているもの、スポーツや食べ物、本や映画、テレビ番組など、いろいろ訊ねたでしょう？　そして、あなたが知らないことは、逆に彼に訊けばいいのよ。彼は詳しいんだもの、喜んで教えてくれるわ」

そうラーラが口にしたとき、にゃーん、という猫の鳴き声がした。きっと、黒猫の山田さんが、来客を知らせてくれたのだろう。

ラーラが、手のひらをポンと打ち鳴らして微笑んだ。

「さあ、儀式の始まりよ」

庭の中央にあるカフェテラス風のテーブルの上に、ラーラがお皿に盛ったスイーツを運ぶ。見た目は華やかな、アフタヌーンティーのような感じだ。そしてラーラは、向かい合って座ったふたりに、スイーツやハーブティーの説明をしているのだろう。

「今日はスイーツとハーブティーを試食してもらって感想を聞かせてもらいたくて。男子の意見も聞きたかったので、ご招待しました」

　なんて、言っているはずだ。

　そんなやり取りを縁側に座って眺めるあかりの隣には、拓馬が並んで腰をおろしている。ふたりのあいだには、彼らに出されたものと同じスイーツが、平たい大皿にきれいに盛られて置かれている。

「噂の魔女を見とかんとな。でも、なんや、ぜんぜん魔女らしくないな。思っていたよりもずいぶん若いし、背が高くて、手脚が長くて細くて。胸もあかりと同じくらい、ストンとしとうし」

　コットンシャツにジーンズ姿のラーラを見て、面食らったような表情の拓馬が呟く。

　その拓馬の最後の言葉にツッコむように、揃えた指先で彼のわき腹を突《つっ》いてから、あかりは同意した。

「でしょ。そう言って自己紹介されなきゃ、わからないよね。でも、もう何百年か生きている自称魔女らしくて、魔女狩りの話もしてくれたことがあるのよ」

「それこそ胡散くさいな。詳しい話やったら、その時代のことを調べて勉強でもすればわかることやからな」

　拓馬は、突かれたわき腹を撫でながら言う。

「たしかにね。なんか知り合いの話では、『ハーブ使いの魔女』って異名を持つ、その業界では有名な人らしくてね。きっと魔女って言葉も、そこからきているんだと思う」

「なんや。やっぱり、そういうことやろな」

「——でも、それだけじゃ説明できない不思議なことも、実際にいくつかあるんだけれどな……」

拓馬に聞こえないくらいの小さな声で呟くと、あかりは大皿に視線を向ける。迷うように視線をさまよわせてから、ロールケーキの形をしたスイーツに手を伸ばした。

そして、一瞬考える。

これって、惚れ薬入り？　でも、たとえ拓馬と一緒に食べてもわたし、拓馬に対して気持ちに変化が起こるなんて考えられないけど。そもそも、わたしは翠のような一ヵ月間の下準備をしていないものね。

惚れ薬の効能を、あまり信用し切れていないあかりは、そのままかぶりつく。口いっぱいに広がる生クリームのなめらかさに、思わず感嘆の声をあげた。

「おいしい！　ふわっふわで、クリームも甘すぎなくて溶けるみたい！」

「ってか、おまえ、甘いもの好きなんや？」

「けっこう好き。ケーキがきらいな女子のほうが少ないんじゃない？」

拓馬の言葉に、あかりは普通に答える。

「なんで？」

「聞いただけや。こっち見んなや、ダボ」

「なによ。そっちが聞いたからでしょ」

些細なことで言い合っていると、ラーラが縁側のほうに戻ってきて、あかりの隣に腰をおろした。あかりは、ずっと気になっている質問を、ラーラに投げかける。

「ラーラ、本当にあんな感じで、ふたりはカップルになれるの？」

「そうよ、十分魔法のための準備もしたし」

そこに、拓馬が小さい声でツッコんだ。

「話は聞いたけど、なんや怪しげやな」

その言葉に、ラーラは微笑した。

「でも、あなたから見ても彼女は、以前よりもきれいに見えているんじゃない？　自分磨きはすてきなことよ」

「まあそれは、否定はせんし。俺は、亮太に悪影響が出んかったら別にいいんやけど」

しぶしぶ頷く拓馬から、ラーラはあかりに顔を向けて、悪戯っ子のような表情をしてみせた。

「ねえ、あかり。ふたりのあいだのテーブルの上に、フリルのような花びらの黄色い花が飾られているでしょう？　あの花はイランイランといって、花の中の花という意味があるの」

「うん、黄色い花が載ってる。浅いお皿に水を張って、黄色い花を浮かべている感じ？」

「そう。実はあの花、あれこそが彼女が求めていた惚れ薬のもとよ」

「え？　そうなの？」

「ええ、イランイランはオリエンタル系の、甘くエキゾチックな香りで、ときめき効果があるの。おおらかになって解放感があって、高揚した気持ちをもたらすとされているわ」

「ちょっと待て。それって、ヤバいんちゃうんか？」

ラーラの言葉に不穏な響きを感じたのか、拓馬が口を挟んだ。そんな彼に向かって、ラーラは笑う。

「体に悪影響なんてないわ。副作用のない、気持ちの手助け程度の効果よ。だから、うまくいくように、いろいろと準備を重ねてきたの。女の子らしいおまじないよ」

あかりを挟んでラーラと拓馬が言い合っているあいだに、あかりはぼんやりと、庭の中央のテーブルに座っているふたりを眺めた。だが、距離が離れている上に座っている位置からは、時おり翠が笑っているような表情しか見えない。

こんなところにスイーツの試食で連れてこられた彼は、内心どう思っているのだろう。

するとラーラは、そんなあかりの心を読んだのだろうか。ふいに口を開く。

「ねえ、あかり。あのふたり、姿勢が前のめりでしょう？　お互いに好意を持っているのね。彼なんか、最初は緊張していたのか、びしっと姿勢がよかったのに。いまは少し肩がさがって崩れてきているから、きっとリラックスしているわ。ふたりの会話が弾んでいる証拠よ」

「そんなことがわかるの」

驚いたように、あかりが声をあげると、ラーラはニヒヒと笑った。

「ええ、間違いないわ。わたしは伊達に長生きしているわけじゃないんだから」

その言葉と笑い方を見た拓馬が、ますます不審そうな表情になる。するとラーラは、今度は拓馬に向かって言った。

「ふたりは動きもシンクロしているわ。お茶を飲むタイミングが同じ、食べるタイミングが同じ、話すスピードが同じ。動作が揃うのは、お互いに好意があって興味を持っているサインよ。お似合いのカップルなんじゃない？」

なるほどな。長生きのラーラは、人間観察が得意なんだろう。そうあかりは考える。

ふいにラーラが、拓馬に向かって小首を傾げてみせた。

「ねえ、拓馬。来週の土日は、あなたの所属するサッカー部の練習、あるのかしら？」

「え？」

突然問われた拓馬は、うろたえながら返事をする。

「え、あ。来週は、土曜は練習で日曜が休み、だったな。サッカー部は、土日のどちらかは休みになってるから……」

「あらそう、よかった！」

拓馬の返事を聞いたラーラは、しらじらしく胸の前で手を叩いてうれしそうな顔になる。

「ちょうど来週まで使える映画のチケットが二枚あるの。偶然にも、あの彼が好きそうな冒険ものの映画よ。ふたりに使ってもらえるかしら」

それを聞いた拓馬が身を乗り出し、なにか言おうとした瞬間に、あかりは彼の口の中に、大皿の上のロールケーキを突っ込んだ。

「！」

言葉にならない声を、拓馬があげる。あかりは笑いながら言った。

「どうせ、勝手にお膳立てをして話を進めるなとか、ラーラに文句を言おうとしたんでしょ？　あんたはおとなしく、ケーキを食べときなさいよ」

しばらく目を白黒させて、ようやく飲み込んだ拓馬が叫ぶ。

「──ダボか！　なにすんねん！」

「おいしいでしょ」

「おまえなあ」

あかりと拓馬が言い合っているあいだに、ラーラは、翠と亮太のほうに向かった。スイーツの感想を訊き、そして最後に、用意していた映画のチケットをプレゼントしたようだ。

次の日曜日、彼の部活がない日に、きっとふたりはデートに行くだろう。

彼らの浮かべた笑顔から、あかりにはそれが想像できた。

◇　◇　◇

四時間目が終わったことを知らせるチャイムが鳴る。あかりはいそいそと、お弁当の包みを取りだした。前の席の真波が、椅子の向きを変えて座りなおす。

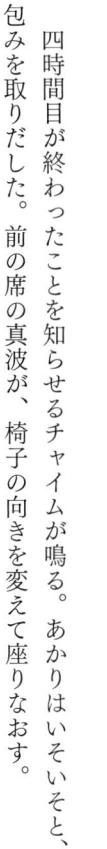

さっそく真波が、あかりに言いだした。

「あのふたり、うまくいきそうやな。魔女の魔法がうまく効いたみたいやね」

「本当に惚れ薬なのかどうかは、わたしにはわからないけれどね」

ラーラの作ったスイーツを拓馬と食べたけれども、まったくその効果が感じられなかったことを思い出しながら、あかりは気のない返事をする。

「一ヵ月、頑張ったかいがあったね」

「だよね。——わたしも一ヵ月頑張れば、モテるようになるものかな」

「やったらええやん」

真波はあっさり口にする。しかしあかりは、そんなことを自分ができるとは思えない。

「でも、ひとりでやっても挫折するよね。きっと一日も続かないよ。わたしがお風呂好きになる気がしないもん。読書もバスタイムじゃなくて、布団の上で寝ころんで読みたいわ」

お風呂に入る目的は、汚れを落とすだけという、よけいなことはしたくなくて実用主義のあかりだ。

真波は笑いながら口を開いた。

「彼女と一緒にやればよかったやん」

「それはちょっと、恥ずかしいじゃない？　翠のように相手もいないのにさ。そうだ、真波、一緒にやらない？　自分磨き」

「わたしもいまは、恋愛に興味がないから、惚れ薬はいらないけど。でも、部分的には試してみようかな」

「部分的？」

「そう、前みたいに電車の中で座らずに立って体幹を鍛えるような。翠がやったことの中では、早寝早起きがええんちゃう？　夜は早めに寝て、早朝読書に切り替えようかな」

真波の言葉に、あかりも頷いた。

早朝読書はいいかもしれない。早く寝るくらいなら、自分にもできそうだ。

ぼんやりと、そんなことを考えたあかりは、ニヤニヤしながら自分を見つめる真波の視線に気がついた。

「え？　なによ」

「あかりは魔女の惚れ薬、いらないんじゃないかなって」

「え？　どうしてよ。恋愛に興味がなさそうだから？」

真波の真意がわからず、あかりは眉根を寄せる。すると、真波は面白そうなものを見つけたときのような表情で言った。

「だって。あかりは恋愛する気になったら、すぐに相手が見つかる気がするやん？」

「やだなあ。世の中、そんなに簡単じゃないって」

すぐに否定したあかりと、その彼女の背後に、ココアの紙パックを手にそろりそろりと近寄ってくる拓馬の姿を交互に見ながら、真波は意味ありげに笑った。

-第五章-

Witch rara and me
and herb tea

ラーラという魔女

あかりは、その日もラーラの庭にいた。

ラーラに出会って、まだそれほど時間は経っていないのに、最初のころには想像もできなかったくらい、自然に馴染んで一緒にいることが多くなっている。

ラーラは縁側に座り、なにやら、あかりの知らないものを創作中だ。

大量にあるグレープフルーツのひとつを手に取って、十字にテープを巻いていく。テープで隠れたところ以外の表面に、奥まで竹串で穴をあけると、そこへ釘の形をした小さな木の枝のようなものを隙間なくびっしりと突き刺していった。

「ラーラはなにを作ってるの？」

あかりは気になって、ラーラの隣に座り、その手もとを覗き込む。

「あかりは、フルーツポマンダーって聞いたことがあるかしら」

「なにそれ？　聞いたことない」

あかりが首を小さく横に振ると、ラーラは休むことなく作業を続けながら言った。

「フルーツポマンダーは、柑橘系のフルーツで作る飾りなの。香りの魔除《まよ》けね。自然乾燥させるから、空気が乾燥して寒くなってきたころに作るのよ。できあがったものは、リボンで飾ってクリスマスツリーに吊るしたりするの」

「ふぅん」

「この釘みたいなものはクローブというハーブなんだけれど、これをこうしてフルーツの奥まで突き刺していくのよ。そして、できあがったものにシナモンパウダーをまんべんなく振りかけて、乾燥させるの。普通ならカビがはえてしまいそうなのに、クローブの抗菌作用で、カビたり腐ったりはしないのよ」

「そうなんだ。やっぱり、こうやってハーブを使った飾りを作るのって、魔女としての仕事になるの？」

　あかりは、ハーブ使いの魔女という異名から、とりあえずラーラのことを魔女と呼ぶ。ラーラはそれを、あかりが自分を魔女と信じてくれていると受け取ったようだ。

「あはは。そうね。教会と魔女は、実は相性が悪いけれど、クリスマスは大好きなイベントよ。このフルーツポマンダーのほかに、魔除けとして薬草を使ったクリスマスマスリースを作りましょうか。占いができるクリスマスプディングも用意するわよ」

「占いができるプディング？　プリン？」

「ええ、そうよ。でもプリンじゃなくてケーキね。直前に生地にコインや指輪を入れて、五時間かけて蒸しあげるの。蒸しあげた後にひと月ほど熟成させなければいけないから、作るのに、とても時間がかかるわ。切り分けたときに、自分の食べるぶんに入っている小物で、来年の運気を占うのよ」

「なんだか、どれもこれも時間をかけるのね」

呆れたように感想を口にしたあかりに、ラーラは笑いながら答えた。

「ええ、そうよ。何百年も生きる魔女に、時間はたっぷりあるんだもの。急ぐ必要なんてないわ。丁寧にじっくり楽しんで作るのよ。いままでも、これからも」

そんなラーラに、あかりは聞いてみた。

「ねえ、ラーラ。魔女のラーラはそんなに長生きして、人生に飽きたりはしないの？」

「全然。毎日充実していて、楽しいわよ」

考えるまでもないらしく、ラーラは笑顔で即答した。そして、フルーツポマンダーのできあがりを見るように、グレープフルーツを目の高さ以上に持ちあげて、じっくりと完成具合をたしかめる。

ラーラは、なにをするのも楽しそうだ。それにひきかえ自分は……。あかりはため息まじりに呟いた。本気で、心底悩んで相談しているわけではない。あくまでも、雑談程度の愚痴のようなものだ。

「わたしの人生、面白みもないしつまんないし。なにもしないうちに、気がついたらもうすぐクリスマスが来て来年よ」

「あら。面白みのない毎日だなんて、そんなことないわよ」

ラーラは、にっこりとあかりに微笑みを向けたあと、歌うように言葉を続けた。

「なにげない日常でも、その中にある美しさを丁寧に描いた小説や映画があるじゃない？　誰もが、その人生の主人公よ。あかりの人生は、あかりが主役」

フルーツポマンダーを大皿に置くと、縁側からラーラは立ちあがる。そして数歩進んで、くるりと回転してみせた。

長めのフレアースカートは、フワリと花が開くように円を描き、バレリーナのように優雅だ。そして、ぴたりとあかりの正面に止まると、まるで舞台女優が観客に挨拶をするように、うやうやしく腰を折って頭をさげてみせた。

「なので、私こと魔女のラーラも、ただいま壮大な人生の主演を務めている途中よ」

次の瞬間、すぐに顔をあげてニヒヒと笑い声をたてるラーラに、ふとあかりは、疑問を口にした。

「ねえ、ラーラ。魔女の人生って、どんな感じ？　面白い？　楽しい？　大変？」

「そりゃ、これまで面白いことも大変なこともあったわよ。毎年盛大に行われる魔女のお祭りは楽しいけれど、大昔に魔女狩りで追いかけられたときは大変だったわね」

「あ……魔女狩り……」

あかりは、ラーラの言葉を聞いて苦笑いを浮かべる。

きっとラーラが体験したという魔女狩りは、歴史上実際にあったものではなく、現代に生きるラーラの言動に対する周囲の奇異の目や、冷たい反応をたとえて言っているのだろうと考えた。どこまでも、長く生きている魔女という設定を貫くようだ。

「そして現在進行形で、あかりと出会った魔女ラーラの章を絶賛主演中よ」

楽しそうに、ラーラはそう続けると小首を傾げる。

「あとは、そうね」

ラーラは考えるそぶりを見せる。

「自然崇拝者の魔女の普段の生活は、陽が昇ると起きて、陽が沈むと休む。お腹もすいたときに食べて、満たされているときは無用な殺生をしない。なんて自然で動物的！でも、別に特別なことではないわ。これが生き物として本来あるべき姿ではなくて？」

「集団行動を重んじる、日本の社会には不向きかな……」

ぼそっと呟いた、あかりの言葉には耳を貸さず、ラーラはさらに続ける。

「だから、フラは、踊っていて楽しいわ。豊かな自然を神としてあがめ、神に捧げる神聖なフラ。手の動きが波や虹や花のような自然を表現して、動作ひとつひとつに、意味と祈りを込めて……」

ラーラはゆるやかに手や腕を動かしていたが、突然ガラッと口調を変え、目を見開いて、あかりの顔を覗き込む。

「あ、そうそう。私、あの考え方が好きだわ。あれって、誰の考え方だったかしら。生きている者はやがて死んで、その肉体は焼かれるでしょう?」

脈絡のないラーラの話に、あかりは、戸惑いながらも小さく頷いた。

「えっと、そうかな。土葬する地域もあるだろうけど、この日本では、火葬、かな?」

「ほら、たとえば人間の体って六十から七十パーセントほどが水分じゃない? 焼かれると蒸発して、その気体が空にあがって。それから雲になって、また地上に降り注ぐの。それが、やがて新しい命やほかの命に入り込んで、命は繰り返されてゆく……。生物の生き死には、自然の中に溶け込んでいるって感じがしてすてきじゃない?」

そして、ニカッと笑った。

あかりは、宗教的なことは、これまで全然考えたことがない。そして、いままで冠婚葬祭の式に参列したこともなかった。いきなり生物の生き死ににについて語られても、すてきとかすてきじゃないとか、どう考えていいかわからない。

あかりが曖昧な表情を浮かべていると、ラーラはきっぱりと言った。

「もし、焼かれるにしても、魔女狩りのときのような、生きながらの火あぶりは遠慮したいわね」

一緒に笑うにしては不謹慎のような気がしつつも、あかりは、ははは と小さな笑い声をたてた。

「ラーラのように前向きに考えられるなら、もっと人生や毎日を楽しめるようになるのかな。人間の寿命は短いと思ってしまうから、逆になにも成し遂げられそうになくて諦めちゃうのかも」

あかりが、ため息まじりに言うと、ラーラは驚いたように目を丸くする。

「あら。その年齢で、あかりは不老不死に憧れているの？」

たしかに、平均寿命を考えたら、まだ十六年しか生きていないと言えるのも当然だろう。これから先の人生は、まだまだ長い。

そうは言っても、あかりは気がついたら、もう十六歳。人生なんて、アッという間なんじゃないかと思う。

「そう言えば、ラーラ。昔に本で読んだことがあるんだけど」

「なぁに」

「人魚の肉を食べると、不老不死になるんだって。ねえ、もしかしたら、魔女って人魚の肉を食べたことがあるんじゃない？　あ、ひょっとして、魔女を食べると、やっぱり不老不死になったりするのかな」

「怖いことを言うわね」

ラーラは、びっくりしたような声をあげる。

「そうね。どうしたら不老不死を実現できるかというのは、人類の永遠のテーマですものね。魔女を食べるなんて発想は初耳だし、試したことはないけれど。あ、でも、始祖の吸血鬼に血を吸われると、吸血鬼の眷属《けんぞく》になるって聞くわね。それは不老不死と呼べるのかしら？　弱点も多いから、不死とは言いがたいけれど。あかり、吸血鬼については知っているかしら？」

「知ってる。わたしが読む小説にも、よく登場するから」

あかりが読んでいる本から得た知識では、吸血鬼は不老不死で知的である。そして、始祖の吸血鬼とはたしか、最初の吸血鬼のことで、人間から吸血鬼になった者と区別されている。純粋な血統の吸血鬼に血を吸われた人間だけ、吸血鬼となる。

「吸血鬼かぁ。でも、その場合、人間は食べる側じゃなくて、吸われる側だよね。十字架やニンニクや、あと銀や日光にも弱かったんじゃなかったかな？　弱点が多いっていうのも、不死っぽくない気がする……」

「吸血鬼が陽を浴びると灰になってしまうのは、映画で広まった設定なのよ。実際は、昼間は人間と同じくらいの体力になってしまうけれども、陽が沈むと元に戻るの」

「え？　そうなんだ？」

「ええ。お友だちの吸血鬼が、そう言っていたから」

「お友だちって……。もしかして、ジョン伯爵？」

「正解。あかり、よくわかったわね」

　普通では信じられないことをさらりと言い、ラーラはニカッと笑う。

「人間って、長く生きて百歳ちょっと。それを長いと考えるか短いと考えるか、人それぞれね。でも、百年かけてなにかを成し遂げられなかったら短いと思うかもしれないけれど、この急激な科学の進歩の中を生きている私たちにとって、一世紀はどんどん長くなっていっているわ」

「そうなの？」

　ラーラの言葉に、あかりは小首を傾げた。

「たとえば、ほら、動力飛行機を発明したライト兄弟。それまでも飛行船はあったし、私もほうきにまたがって飛んでいたけれど。ライト兄弟の発明は二十世紀のことよ。それが、あっという間に今では、ほうきで飛ぶ私の邪魔をするくらい、多くの飛行機が飛んでいるわ」

「ラーラは、やっぱりほうきに乗って移動するんだ……」

あかりのツッコミを待っていたように、ラーラは口を開けて笑った。

「あはは。飛行機の次は、半世紀で宇宙に人が飛びだして、私が崇拝する月に降り立っているし。ねえ、あかり。百年も生きれば、ライト兄弟が飛行機を発明してからロケットが飛ぶようになる時代まで、しっかり歴史を体験できるってものじゃない？　あなたの生きている時代は、いろいろな出来事がギュッと凝縮した濃い人生だと思うわよ。それ以上の長生きを考える必要は、ないんじゃないかしら」

不老不死は、ラーラにとってはあまりお薦めできることではないようだ。

やりたいことも目的もなく毎日を過ごしているあかりは、特別、成し遂げたいなにかがあるわけじゃない。だとすれば、それほど不老不死に憧れる必要はないかな、と考えた。

◇　◇　◇

授業が終わって放課後、あかりと真波は廊下を歩いていた。

真波はこのまま部活に向かう予定で、あかりとは階段を降りたところで別れることになる。毎日会っていても、親友との会話は途切れることがない。不思議だけれど、あかりにとってはうれしいことだ。

「――あかりったら。何度聞いても笑えるわ。魔女を目の前にして、魔女の肉を食べたら不老不死になれるかもって言うなんて、ウケる」

「そうかなぁ」

「そうよ。あかりの発想ってすごいわ」

思い出し笑いでにやけながら、真波は言葉を続ける。

「やだなあ、深い意味はないんだけどな」

「そんなあかりが面白くて、わたしは好きやけど。あ、それじゃ、部活行ってくるね」

そう口にすると、真波は手を振って廊下を去っていく。

あかりもつられるように片手をあげた。

「うん。また明日ね」

真波が部活に向かう後ろ姿を、しばらく見ていたあかりだったが。

その姿がほかの生徒に紛れて見えなくなると、あかりはゆっくりと、自分の靴箱に向かって歩きだした。

「――真波と一緒に下校する日が少ないから、もしかして、ラーラのところに寄る回数が増えるのかなぁ」

そう呟きながら、あかりは外靴のローファーに履き替える。そんなあかりの隣に、同じように靴を履き替えにきたクラスメイトが並んだ。

「あかり、今から帰るん？」

「え？　あ、うん」

慌てて顔を横に向けると、そこに立っていたのは、満面の笑みを浮かべた翠だった。

「翠も帰るの？」

「あたしは、これから待ち合わせやねん」

翠は笑みを深めて、蕩《とろ》けそうな表情になって言った。

「え？　待ち合わせって……。今日も、サッカー部って練習があるよね？」

「そうやねん。だから、グラウンドが見えるところで、練習を見学しながら終わるのを待つんよ。終わったら一緒に帰ろうって、約束しとうねん」

「え……。けっこう待ち時間が長くない？　もうそろそろ寒くなってくるよね……」

「大丈夫！　寒さ対策で、ちゃんとマフラーも持ってきてるし、彼の姿を見ているだけで、寒さなんか気にならへんもん」

艶々の髪をなびかせ、もとから整った顔立ちなのにますます可愛らしさに拍車がかかった翠は、自分を磨くために日々励んでいるのだろう。

今のあかりは、彼女が外見だけを飾りたてる軽い女の子ではなく、目標を持って頑張れる、すてきな内面を持っていることも知っている。

「それじゃあ。あかりも気をつけて」

そう言うと翠は、うれしそうにグラウンドのほうへ走っていく。

見送りながら、あかりは翠を羨ましく感じていた。

「続くかどうか心配したけれど。そうか、あのふたり、うまくいってるんだ」

真波は部活で忙しそうだ。一方、あかりの放課後は暇と言えば暇だ。

あかりの幼馴染みの拓馬も毎日サッカー部で、翠の彼氏と一緒に、朝も放課後も一日中グラウンドを走り回っている。

翠は部活動に所属してはいないけれども、自分のやりたいことを見つけて、目下充実した日を過ごしているようだ。

そして魔女のラーラも、ハーブで女の子たちをきれいにする夢を持ちながら、毎日楽しそうに魔女の仕事にいそしんでいる。

そう考えると――自分の毎日は、はたして充実していると言えるのだろうか。

あかりは、はたと立ち止まって考える。

――わたしのやりたいことって、なんだろう？　わたしの生きている目的って、なに？

まだあかりには、将来やりたいことが見つかっていない。毎日ダラダラと無気力に過ごして、あっという間にもうすぐクリスマスだ、年末だ、なんてぼやいている。これはもしかして、寿命が長い短いという以前の話ではなかろうか。

いつの間にか立ち止まって、ぼんやり考えていたあかりは、我に返って歩きだす。

そのまま通学路から大きく外れて、小さな公園に立ち寄った。

ふれあい広場という名の誰もいない公園の、ベンチのひとつに腰をおろすと、大きく上を見あげた。ラーラに下を向くより上を向いたほうがいいと言われてから、前よりも上を見あげる機会が増えている。

もともと、あかりはせかせかと忙しく動き回るタイプではない。だが、最近ラーラと付き合うようになってからは、さらに周りを見回す余裕が出てきたような気がすると、あかりは思う。

ぼんやりと空を眺めていたら、ふと懐かしい気持ちになった。

昔は、ずっと空を見上げて、雲が流れていく様子を飽きもせずに眺めていたこともあったな。そういえば雨の日に、わざわざ外に出て傘をさしてしゃがみ込み、空から雨の粒が降るさまを、じっと見つめていたこともあった。

そして雨上がりには、葉っぱの上の水滴が珠になって、コロコロと転がる様子をいつまでも見ていたものだ。あの転がる水滴を大きな葉っぱの上に集めて、なにか特別な水を作りあげたような気になっていたっけ。

いつから、こうやって自分は自然を眺めなくなったのだろうと、あかりは考える。

水蒸気が雲になって、また雨になって、海に戻って。そんな自然の仕組みを知ってしまってから、空を不思議なものとして見ることができなくなってしまったのだろうか。

先日、ラーラが話していた人間の肉体が水蒸気となって空にあがって降り注ぐという話を、雲を眺めながら思い出す。

亡くなった人の魂が空にあがっていくという説は、あながち間違いではないのかもしれない。


「あら、あかり。こんなところで出会うなんて珍しいわね。その様子は、自然を楽しんでいるところかしら」

突然、背後から声をかけられ、あかりはびっくりして振り返る。

「ラーラ。なに、どうしたの？」

「散歩よ。まだまだご近所さんのことをよく知らないから。初めての道を、あちらこちら散策しているところなの」

そう言ったラーラの足もとには、黒猫の山田さんの姿もあった。

手ぶらのラーラは、あかりの横の空いているベンチに近寄ってきて、腰をおろした。

山田さんは公園内を見回して、近くにあった一本の木に向かう。そして、するりと音もなく幹を駆けあがり、太い枝の上にバランスよく寝そべった。

そんな山田さんを目で追っているあかりに、ラーラが問いかける。

「あかり、なにか考え事をしていたのかしら。それとも悩み事？　ひとりぼっちで、公園でぼんやりしているなんて」

「え？　――別に、とくに深い考え事や悩みがあるわけじゃないけれど……」

そう返事をしながら、あかりは、さっきまで自分のやりたいことはなんなのか、自分の毎日が充実しているのだろうか、と考えていたことを思い出す。

でも、どんなに考えても結局、今もそうだが、貴重な毎日を、ぼんやりと過ごしていることが多いような気がしてならない。

だが、せっかくラーラと会ったのだからと、この機会に訊ねてみたかったことを思い出しながら言ってみる。

「ねえ。たとえば魔女のラーラって、何百年も生きているんでしょ？　これまで過ごしてきた日々のことを、全部覚えているものなの？　それとも、人間は忘れるようにできているから、魔女も同じように昔のことは忘れちゃった？」

「ちゃんと覚えているわよ。そりゃあ、細かいことは忘れている部分もあるけれど、それはあかりや、あかりのおばあさまや、ジョンや、みんなと同じくらいよ。思い出はたくさんあるし、ふと思い出すこともいっぱい」

どうやら自称魔女の記憶力は、人間とそれほど変わらないらしい。

「ラーラは、ここに来る前はどこに住んでいたの？　北海道って聞いた気もするけど」

「そうよ、神戸に来る前は、北海道にいたわ。広くて自然がたっぷりの北海道には、三十年ほど住んだかしら。そのあいだに、山田さんと出会って、一緒にこちらに来たのよ」

「そうなんだ。なんでラーラは、神戸に引っ越してきたの？」

あかりが何気なく、話の流れのまま口にした質問に、珍しくラーラは困惑した表情を見せた。口を開くのに、少し時間を要する。

「あかり」

「なあに？」

「私って、いくつに見えるかしら？」

「え？　えーっと……。二十代半ば、くらい？　ラーラの外見って、年齢が掴みにくいのよね。自分では数百年生きているって言うし、北海道にも三十年いたっていうし、当然二十代じゃないでしょ？」

あかりが正直な感想を口にすると、ラーラは苦笑を浮かべた。

「そうね。いまの私の見た目は、だいたい二十代半ばとするでしょう？　それじゃあ、私の本当の年齢はもっとも上だとすると、最高いくつくらいに見えるかしら？」

「え？　ラーラの見た目で……？」

あかりは、改めてラーラの顔を見つめる。

日本人離れした彫りの深い、くっきりとした顔立ち。二重で切れ長の大きな眼。口角があがりゆるく弧を描く大きな口。誰の記憶にも強烈に印象が残る、迫力のある美人。

チョコレート色の長い髪やスタイルは別として、年齢を高く見積もるなら……。

「そうだなあ……。なんかラーラって年齢不詳の魔女って感じで……。とっても若く見える五十歳、くらいかな」

あかりは、おそるおそる口にする。

その言葉を聞いたラーラは、満面の笑みを浮かべ、そして、告げた。

「それなら、私がここにいる時間は、二十五歳から五十歳までの二十五年間、ね」

「──え？」

「私の言っている意味、わかるかしら。いつまでもそばに歳をとらない人がいたら、みんな変に思うでしょう？　だから周りが訝しがる前に、新しい土地へと移るのよ。これまでずっと、何百年も繰り返してきたこと」

「そんな……。そんな風にしょっちゅう別れを繰り返して、ラーラは寂しくないの？」

「ええ、思い出はちゃんと持っているもの。笑顔でサヨナラを言って、また遊びにくるわと約束すれば、それほど人は悲しまないものよ。だって、お互いに同じ空の下で生きているんだから、その気になれば、また会えると思えるでしょう？」

割り切った顔で、ラーラは言う。だが、あかりは納得できない。

別離まで二十五年？　今からもう、別れる日を決めて過ごしていくなんて、あかりには考えられない。長生きできるなら、あかりが死ぬまで、ここに住んでいてくれてもいいではないか。だって、ラーラには持て余すほどの時間が、これからも存在するのだろうから。あかりのわがままを聞いてくれたっていいじゃないか。

あかりが心の中で考えていることが、わかったのだろうか。

ラーラは表情をパッと変えて、いつもの余裕たっぷりの笑顔をあかりに向けた。

「ねえ、あかり。あなた、もっと前向きなことを考えたほうがいいわ」

「前向き？」

「そう。実際に私がここにいるのは二十五年間か、もっと長いか短いかはわからないけれど。たった今、この時間を大切に過ごさなきゃ、もったいないと思わない？」

「そう、かな」

あかりは、ちょっとはぐらかされたような気がする。

すると、ラーラは持論を展開した。

「私はひとつの宗教に固執はしないし、他人の信仰に口を出す気もない。でも、どんな宗教でも、結局は、長く生きるにせよ短くしか生きられないにせよ、今を大事に生きなさいってことを教えているでしょう？」

「そう？　死んだあとに行く天国に、価値を見出す宗教もあると思うけど」

「それにしたって、今の人生を大切に生きなさい、よい行いを重ねなさいって言っているでしょう？」

あかりの反論を、うれしそうな表情でラーラは聞く。

「なかなか寿命が尽きない私には縁がないことかもしれないけれど、来世でも天国でも幸せになりたいなら、そのために、いまを大事に過ごさなければならないのよ。なら、この一瞬を大切にすることではなくて？」

「そうは言うけど……。一瞬一瞬を大切になんて無理だって。だってほら、今この瞬間だって、大事にしなければならないってことでしょ？　わたし、さっきまでぼんやり空を眺めていたくらいなんだから」

「静かに自然を眺める時間もすてきなことで、それだって一瞬を大事にしていることだと思うわよ。それに、一瞬一瞬という考え方が難しければ、一日という単位で考えたらいいと思うの。今日は習い事を一生懸命した。今日は英語の授業を真剣に聞いた。今日は空を眺めながら、自分の人生を考えてみた。どれも必要なことだと思うわ」

ラーラに言われて、あかりはそんなものかと思う。

ぼんやりと空を眺めていることも、必要なことだと肯定してもらってうれしくなった。

「それに、第一今この瞬間だって、私と真面目に話をしているわ。これがあなたにとって今日一番、大事な時間になるのではなくて？」

「そうかなあ」

「そうよ。いま話をしたことについて、あなたがこのあとも続けて考えていってくれたら、だけれどね」

珍しく真面目なことを真剣に言ったという顔になったラーラは、自信満々に胸を張ったあと、口角をあげてニヒヒと笑った。

◇◇◇

「なんていうか……。あかりのお隣に棲む自称魔女って、陽気なわりには意外とネガティブなんやね」

「ネガティブ？」

あかりは、驚いたように声をあげる。

「どこがネガティブなの？　ほかでは見ないくらい、前向きでポジティブな人じゃない？」

「行動は活動的やけど、考え方は意外と後ろ向きってこと」

昼休みに教室でお弁当を食べながら、公園でラーラと話したことについて真波に言うと、意外にもふたりの意見が食い違った。

ラーラはすべてのことを肯定し、いたって前向きな魔女ではないのか。あかりはそう感じている。

「どの辺が？」

真波は少し考えたあと、おもむろに口を開いた。

「ラーラは、魔女狩りがあった時期にその場にいたって言ってたんねやろ？　だったら、何百年も前と今とで、顔立ちって変わると思うねん。それって、魔女の力が本当やとしたら、時代に合わせて顔を変えられるってことなんちゃうかな？　だったら、その土地の人たちと年齢を合わせて、見た目で歳をとることは可能やと思うねん。それができるのにやらない。だからラーラは、自分の見た目のことではないことで、それまでの付き合いの人たちと離れたいと思って離れたん、違う？」

真波は、あかりが思いもよらないところを突いてきた。

「だとしたら、寿命やないかな」

「寿命？　ラーラの寿命は不老不死かと思うくらい長いじゃない？」

「ちゃうねん。逆や」

「逆？」

「そう」

眼鏡の奥の瞳が、真剣な光を帯びている。真波は神妙な口調で、あかりに言った。

「わたし、感じるんやけど。魔女ラーラは、もしかしたら、自分と一緒に過ごした知り合いが、自分を置いて先に逝ってしまうのが嫌なんちゃう？　だから、相手が元気なあいだに姿をくらますねん。お互いにどこかで元気にしてるって思いながら過ごしたいんちゃうかな。どう考えても、相手は魔女ラーラより先に寿命が尽きるやろ？　別れた相手じゃなくて、ラーラ自身がそう自分に言い聞かせながら生き続けてるんちゃうかな」

あかりは、真波の言葉にハッとした。

真波はあかりが思いもよらないことを考えだす。一緒にいるあかりは、好奇心旺盛な親友の洞察力やアイデアを、いつも面白おかしく聞いているし、だからあかりも、ラーラのことや日常のいろんなことを、真波に話して聞かせている。

そんな真波とラーラを引き合わせたら……。

ふたりは、たちまち意気投合するだろう。真波は、あかりが自慢に思っている親友だ。ラーラもきっと、真波を好きになるに違いない。好奇心旺盛な真波も、ラーラの話は興味深く、それは、あかりにとって喜ばしいことのはずだ。

なのに、あかりはなぜか、大切な親友と一緒にいる時間が減ってしまうような気がして、ちょっぴり寂しい気持ちになった。

◇
◇
◇

十二月に入り、期末考査まであと一週間だ。その日は職員会議があり、授業は五時間目までだった。あかりは、期末試験が終わるまで部活動が休みになった真波と、一緒に下校する。

真波と別れて家に帰っても、あかりはすぐに試験勉強に取りかかるわけではない。なんだかんだと理由をつけては、前日まで試験勉強を引き延ばし、結局一夜漬けをするはめになる。

今回も、そのパターンになるだろうと考えながら、あかりは、なにげなく二階の窓からラーラの家の庭を見下ろした。すると庭では、白いゆったりシャツにジーンズ姿のラーラが薄水色のエプロンをつけて、育てた草花をせっせと干していた。

風通しがよさそうな大ざるの上に干しているものもあれば、平たい立方体のガラス箱の中に広げられている草もある。

「そうか。ハーブって、太陽の下で干して乾燥させるんだ」

あかりがぼんやりと眺めていると、ふいに視線を感じた。

ラーラがこちらを見上げたわけではない。慌てて周囲を見回すと、通りの反対側の向かいの家の屋根の上で、日向ぼっこをしている黒猫と目が合った。

あかりに向かって、山田さんは威嚇するように、にゃーんと大きくひと声あげた。

「あら、あかり。今日は早いじゃない？」

たちまちラーラに見つかってしまったあかりは、こっそり覗いていた恥ずかしさから照れ笑いを浮かべる。

「あかり、お茶を淹れるから、遊びにいらっしゃいよ」

ラーラは笑顔で、あかりを呼んだ。


「寒くなってきたから、体を温めるハーブティーよ。エルダーフラワーとカモミール、ローズヒップでビタミンCの補給と、エキナセアで免疫力アップの効果が期待できるわ。とは言え、こういうハーブティーもいいんだけれど、なんていっても楽しいおしゃべりが、一番体を温めてくれるものよ」

そう言いながら、縁側であかりの隣に座ったラーラは、ニヒヒと笑う。

「いまね、クリスマスのリースに必要なハーブを、たくさん作っているところなの。清めの効果があって健康を司るセージに、魔除けと解毒のルー。長寿と永遠を司るローズマリーに、幸せな家庭を願うラベンダー。そうそう、フルーツポマンダーも順調に乾燥して完成に近づいてきているわ。あかりも楽しみにしていてね」

「長寿と永遠のローズマリー、か」

呟いたあかりは、思い切ってラーラに聞いてみた。

「何百年も生きている魔女のラーラ。ねえ、これからも長く生きるラーラにとって、死はどんな意味を持つものなの？」

「あら、あかり。突然なにを言いだすの」

驚いたように、ラーラは目を丸くする。

たしかに突然すぎたかも。そう考えたあかりは、どうにか取りつくろうと次の言葉を探す。だが、ごまかすのも変だと思って、正直に話した。

「親友の真波が、長寿のラーラは周りの親しい人たちが、自分より先に亡くなるところを見るのがつらいから、一定の期間がすぎると引っ越すんじゃないのかなって言っていたから」

「ふふっ。あかりの親友は、深読みが得意なのかしら」

そう言うと、ラーラは、視線を自分の庭に向けた。

「そうね。まったく的外れでもないわね。自分が見送る側ばかりだと、少しつらいのは事実よ。それに、周りの人たちが、肉体的にも精神的にも成長していく姿を見ているのに、自分はちっとも成長しなくて、置いていかれている感覚もあるわね」

「だったら、ラーラも一緒に歳をとればいいのに。わたしと一緒に歳をとろうよ」

あかりが勢い込んで言うと、ラーラは、ふっと寂しそうな表情を浮かべた。

「そうね……。そうするのもいいんだけれど。なんていうか……。置いていかれることは寂しいけれど、歳をとっていくことや死に向かう感覚も怖いかなって」

その言葉に、あかりのほうが驚いた。

「ラーラ、死が怖いんだ。そんなに長生きで、自分の死はまだまだ先かもしれないのに。わたしは——能天気だと思われるかもしれないけど、まだ全然死について考えられないから。ラーラが死を恐れているなんて信じられない」

あかりの言葉に、ラーラは苦笑を浮かべた。

「そうね。たとえばお金持ちの人は、お金を持っているからこそ、もっと貯めたくなるってこと、言われるじゃない？　それと同じかしら。長く生きているから、たくさんの人が死ぬのを見てきたし、だからこそ死に対して恐怖を感じる、みたいな」

「でも……。お金持ちでもどんどんお金を使っちゃう人はいるし……」

「ええ、そうね。かなり高齢になると、いずれやってくる自分の死を、静かに受け入れることができるようになるという話も聞くけれど。私は長生きしすぎてしまっているのかしらね」

ちょっとしんみりしてしまった場の空気を変えるように、ラーラは口調を明るくする。

「でも、寿命が長くても短くても、この瞬間を丁寧に大切に過ごすだけで、私はいいと思っているのよ。私がここから引っ越そうなんて考えるのも、まだまだ先の話。それまであかりとは、楽しい時間を過ごしたいわ」

「またそうやって、いまを丁寧に過ごせばいいって、ラーラは簡単に言うけれど……」

あかりは唇を尖らせて、なんとなく言葉を濁す。その丁寧な過ごし方や目的がわからないから、最近悩んでいるのになあと、あかりは思う。

せっかくこうして知り合って仲良くなれたラーラとは、別れたくない。

毎日を充実させるためにすることや、将来の夢もやりたいことも思いつかないあかりとしては珍しく、ずっとラーラと死のことについて、考え続けていた。


そのとき、急に陽が陰ったかと思ったとたんに、空から雨の粒がぽつぽつと降ってきた。あかりとラーラは、ほぼ同時に声をあげる。

「大変！　干しているハーブが！」

ラーラが庭へ飛びだした。

すぐに雨は大粒となって、瞬く間に庭の土の表面を濡らす。

「あかり、手伝ってくれるかしら！」

ハーブを載せたままの大ざるを、ラーラは体で雨からかばうようにして運ぶ。縁側で待ち受けるあかりは、その大ざるを受け取って、床の上に並べていく。

それほどの量はなかったが、庭と縁側を幾度か往復したラーラは全身ずぶ濡れになった。あかりも軒下で、自分の短い髪を伝う雫を、指先で弾いて飛ばす。

「ごめんなさいね、あかりまで濡れちゃったわね」

「ラーラほどじゃないわ。でもラーラ、雨雲くらい魔法で操ってどこかに追いやってほしいなあ」

あかりはおどけて、少々意地悪く口にする。

「あはは、それは無理ね。天気を操るのは、自然の法則に反するってものじゃない？」

そして、ラーラとあかりは縁側から、暗い空を眺めた。

「うーん。今日は天気がもっと思ったのだけれど」

「だね」

そう返事をしたとたんに、あかりは小さなくしゃみをした。衣服が雨にしっとりと濡れて、体温を一気に奪ったせいだろうか。

「大変だわ！　あかり、すぐに奥の部屋へ。タオルを持ってくるわ」

そう言いながら乾いたタオルを取りに向かったラーラのあとを追って、あかりも縁側から家の奥へ向かう。

　廊下でラーラから大きなバスタオルを渡されたあかりは、以前、香司の香桜が来たときに使用した部屋に通された。

　クッションの上に腰をおろすと、タオルを広げて頭の上からかぶり、髪の水滴をごしごしとぬぐう。服にもタオルを押しあてて、水分をタオルに移した。

「庭に出ていないから、わたしはそれほど濡れてないし。それよりも、ラーラのほうが全身びしょ濡れだったから、大丈夫かなあ」

　そう呟いたあかりは、タオルを返そうと立ちあがる。

　廊下に出て、洗面所を目指してゆるゆると歩いていたあかりは――ふと、足を止めた。

　部屋のドアが開いている。中を覗くと部屋の真ん中で、ラーラがエプロンをはずして、濡れたシャツを脱いでいた。そして裸の上半身に、やわらかそうな新しいブラウスを再び着ようとしていて。

　その衝撃的な場面を目にしたあかりは、考える前に、ポロッと口から言葉がこぼれでた。

「――ラーラは、男の人……」

ラーラは真っ白なブラウスをすっぽり着ると、首の後ろに手を滑らせて、手慣れた様子で長い髪を服の外へ引っ張りだした。そのまま頭を振って髪を落ち着かせると、あかりのほうを振り返り、いつもの笑みを浮かべながら、ニヒヒと笑い声をたてる。

「ええ、そうよ」

「え？　だって……。魔女でしょ？」

「もちろん、そうね」

「魔女って、女性を指す言葉じゃない？　ラーラは、自分でずっと魔女って言ってたし！」

まん丸になったあかりの目を見つめて、ラーラは楽しそうな表情で言う。

「あかり。私はウィッカ――アングロ・サクソン語で言うところのウィッチなんだけれど、日本では魔女と呼ぶわね。魔女って、大半は女性だけれど、男性に対してでも使う言葉なのよ」

服装も髪型も言葉遣いも、どこから見ても、普段のラーラは女性だ。

「え？　でも。どうして？　え？　本当に男の人？」

あかりは混乱して、無遠慮に質問を口にする。

すると、ラーラはあっさりと答えた。

「性別は、いままで聞かれなかったからなにも言わなかったけれど。私は訊ねられたら、隠す必要もないから男性だと答えていたわよ」

「どこから見てもきれいな女の人に、普通は性別なんて確認しないもの！」

にっこりと笑みを浮かべるララに、あかりはツッコミをいれた。

そこで、あかりの中に、もうひとつ疑問が浮かんでくる。

「それじゃあ、どうしてララは女性の格好をしているの？　ララは、女の人になりたい男の人なの？」

「うーん。仕事柄かしら？」

可愛らしく小首を傾げて、ララは答えた。そして、あかりからタオルを受け取ると、濡れた服も一緒に持って廊下に出る。それを洗濯かごに放り込んだあと、そのままキッチンに向かって、お茶を淹れる用意を始めた。

「私のやりたい仕事は、自然の力を使って女の子たちをきれいにすることでしょう？私は、ただ純粋な気持ちからしているのだけれど。女の子を応援する仕事としては、男性よりも女性のほうが警戒されないから都合がいいのよ」

「警戒って……。でも男の人だって、美容師とかメイクアップアーティストとかの仕事をしてる人もいるだろうし……」

「じゃあ訊くけれど、あかりと男性の格好で会っていたら、短期間でここまで親しく話をしたり仲よくなれたかしら」

「う……。たしかにそれは、そうだね……」

町で初めて会ったとき、声をかけてきたのが男性だったら。

あかりでも、間違いなく警戒しただろう。

そして、あかりは「そうか！」と腑に落ちる。

異常に早い育ち方をする果物の木やハーブ、過去の記憶を呼び覚まして再現するなどという、手品のような不可解な現象はいくつかある。だが、あかりがラーラから感じていた謎めいたものは、いかにも女性である見た目と、実際は男性であるというギャップから来るものだったのではないだろうか。

「はい。お茶を淹れなおしたわ。乾燥ジンジャーをブレンドしたミルクティーよ。体の内側から温まりましょうか」

ラーラに誘われ、あかりは縁側に移動した。

「私が見た目と違う性だと知ったから、あかりは、もう私の話し相手になってもらえないのかしら」

雨が降る様子を縁側で並んで眺めながら、ラーラがあかりに問いかける。その声は温かみのある低音で、いまだったら、なぜそうなのか合点がいく。

「そんなことないよ」

あかりはすぐさま返事をしてから、ゆっくり考えつつ、言葉を続ける。

「うん。そりゃあ、びっくりしたけれど。でも、なんていうか、ラーラの作戦勝ちかな？　これだけ親しくなってしまうと、じゃあやっぱりって感じで距離をおく気にはならないもの。ラーラといるのは楽しいから」

「そう言ってもらえてよかったわ」

ホッとしたように言うと、ラーラは、本当にうれしそうな笑みを浮かべた。

「ラーラにいろいろ驚かされるのも面白いし」

「本当に？」

呟くように続けたあかりの言葉を聞いて、ラーラが目を輝かせた。身を乗りだすようにあかりの顔を覗き込んだラーラを、あかりは、ちょっと牽制気味に睨んでみせる。

「なによ、ラーラ。まさか、まだなにか隠し事があるんじゃないよね？」

「私は全然、隠し事なんかしていたつもりはないわよ。あかりがまだ信じていないことを、念のためにちゃんと伝えておこうと思っただけ」

「え〜。なんのことだろう？」

あかりが疑わしそうに訊くと、ラーラは悪戯っぽい表情で言う。

「それは、私が何百年も生きている本物の魔女だってことよ。ねえ、私が本物の魔女だからって理由で、あかりは私から離れたりしないんでしょう？」

「もう、ラーラったら」

また、冗談ばっかり。そんな言葉を飲み込んだあかりは、ニヒヒと笑い声をたてるラーラを呆れた目で見ながら、温かいミルクティーの入ったカップを、両手で包み込むようにして口に運んだ。

◇　◇　◇

「ちょっと、あかり。もうすぐ暗くなるんだから、こんな時間に出かけなくても」

「まだ夕焼けも始まっていないよ。大丈夫！」

玄関先で振り返りながらそう叫ぶと、あかりは夕方の散歩に出た。少し歩いて、会下山にのぼる。ふもとに住むあかりにとって、会下山は庭のようなものだ。

小学校時代に、親睦会と称して何度か授業時間に小学生総出でのぼり、会下山にある公園で鬼ごっこやオリエンテーリングをしたこともある。

その公園よりも手前の小公園を目指して、あかりは、ゆるゆると上り坂を歩く。

すると、ふいに後ろから、吐く息も荒くこちらに向かって走ってくるような足音が聞こえてきた。

まさか変質者？　そう考えたあかりは、警戒しながらパッと振り返る。

すると。

「なんやねん。急に振り向くなや。ダボ」

目を見開いた拓馬が、急ブレーキをかけたように立ち止まった。

あかりは、ホッとしながら口を開く。

「びっくりした！　なによ、拓馬こそ、なにしてんのよ」

「テスト前で部活が休みなんや。部活のない日は、こうやって坂道を走ってんねん。おまえこそ、なんや？　こんな時間に散歩か」

「ちょっと上の小公園までね。自分の住んでいるところを、見下ろしてみたくなって」

あかりはそう言って、再び歩きだす。

すると、拓馬もあかりの歩調に合わせて歩きだした。

「――先に走っていっていいのよ。拓馬はトレーニング中でしょ？」

「方向が同じで、いまは休憩中や」

それを聞いたあかりは、ふいにおかしくなって笑みをこぼした。

拓馬は口は悪いが、暗くなる時間に出歩くあかりのことを心配してくれているのだろうということが、さすがにわかる。

あかりは黙って歩きながら、今日の出来事を考えた。

ラーラが実は男性であったことは、ここ数日のあいだ、悩んでいたことを一瞬で吹き飛ばしてしまうぐらいインパクトがあった。

でも、このことは誰にも話さない。拓馬にはもちろん、真波にも。

ラーラは、隠しているわけじゃなくて、問われたら告げると言っている。秘密にしているわけでもない。だが、あかりとしては、真波にしても拓馬にしても、彼らが自分で気づいたときの驚きを見てみたいと思ったのだ。

あかりの最近の様子がおかしいと思ったのだろうか。

横に並んで歩きながら、拓馬が何気ない口調で聞いてきた。

「なんや最近、時々元気がないみたいやな。なにも考えずに過ごしていそうなあかりでも、悩み事とかあるんか？　親友や魔女にも言えんことやったら、幼馴染みのよしみで聞いたるで」

「まあ、実はさ、その、なにも考えていないことが、悩みでもあるんだけど……」

「なんやねん、それ。聞いたるやん。ひとりで悩んでいるより口に出したほうが、考えがまとまるかもしれへんで」

意外にも拓馬が、心強いことを言ってくる。

その気安さから、あかりは、ここ最近ずっと悩んでいたことを口にする気になった。

「あのね。悩みのひとつは、なんかさ……。ラーラが、この町を去るときのことを、もう今から考えちゃうんだよね」

「なんや。魔女はもう引っ越す予定か」

面白そうな声で、拓馬が聞き返す。

慌てて、あかりは否定した。

「ううん。もっと数年、数十年先だろうけど」

「そんな先のこと、もう今から考えとるんか。アホらしい」

そう言って、拓馬はあっさりと笑い飛ばした。

「もう、笑わないでよ」

唇を尖らせて不満そうに呟いたあかりに、拓馬は言葉を続ける。

「どんな事情か知らんけど、あかりが魔女にいてほしいんやったら、魔女に、ずっとここにいたいって思わせればいいだけやん」

「簡単に言ってくれるなぁ」

そう返しながらも、あかりは「でもそうか」と考える。

ラーラが、ここにずっと住みたいって思えばいいだけなんだ。

「あとね。拓馬はさ。偶然とはいえ、魔女ラーラに会っているのよね」

「ああ、会っとるな。なんや？　急に」

「ううん。実はまだ、真波はラーラに会っていないのよ」

「わざわざ考えることか？　都合のいい日にふたりで、学校帰りに魔女の館へ寄ればいいだけやろ」

「それは、そうなんだけれど」

あかりは、もうひとつの悩み事を口にする。

「真波と魔女のラーラって、すっごく気が合いそうなの。それは、とってもうれしいことなのよ。真波のことは親友として大好きだし、ラーラもわたしがこんなに心を許すほど、頼りがいのあるお隣さんだし。でも、なんていうか……。ラーラと真波が会ったら、わたしと真波の一緒にいる時間が減ってしまいそうっていうか……」

「なんやそれ。悩むほどのことか？」

拓馬が、呆れたような声をあげた。あかりは拓馬を、キッと睨んで唇を尖らせる。

「なによ。拓馬には、この繊細な悩みがわからないの？」

「そんなん、三人で仲よく同じ時間を過ごせばええだけやんか」

「え？」

「昔、なんかで読んだことあるけど、人間はふたりよりも三人でいるほうが、バランスがええみたいやで」

ほら、簡単なことだろ、と言わんばかりに、拓馬はあかりに向かって、屈託のない愛嬌のある笑顔を向けた。

しばらくあかりは自分の中で、拓馬の言葉を反芻《はんすう》する。

「それに、あかり。前に、おまえが俺に言ったことやで？」

「え？　なにかわたし、言ったっけ？」

「言ったやんか。俺の部活仲間に彼女ができると、そいつは適当な練習をする奴なのかって。もちろん、そんな奴ちゃうわ。だから逆に聞くが、あかりの親友や魔女は、気が合うほかの奴を見つけたら、あかりをないがしろにする連中なんか？」

「そんなことない！」

「なんや、あかりもふたりを信用してるんやろ。それやったら、なんも問題ないやんか」

拓馬は、はっきりと口に出して断言した。

たったそれだけで、あかりは、自分の悩みの出口が見つかった気がする。

あかりは自分が目的や夢を持っていないことに、不安を感じていた。

それ以上に、まったりした平和な日々が永遠に続くことを願うあかりにとって、親友や魔女との関係が崩れるという変化は、一番恐ろしいことなのだ。

それがわかったいま、あかりは自分の中で解決策を考えなければいけないと思う。

いつもラーラに言われているとおり、まずはプラス思考でいこう。

拓馬の言葉に気づかされるなんて、なんとなく癪《しゃく》だけれど。ここは、そうひらめかせてくれたんだってありがたく思わなきゃね、などと考えてみたら、気が楽になった。

拓馬と並んでゆっくり歩いていると、まもなくふたりは小公園に着いた。

ここから眺める神戸の町は、それほど標高が高くないために、家のひとつひとつを判別できそうな近さから、町全体を見渡せる。

あかりは、公園の端に寄って町を見下ろせるところに立った。

――うん。ラーラに、まずこの町を気に入ってもらおう。

一緒にあちらこちら、遊びにいこう。

「そうだよね。ここがいい場所だって、ラーラが思えばいいんだよね。だったらラーラに、もっと神戸のすてきな場所を教えたいなあ。神戸布引ハーブ園とか好きそうなのに、まだ行っていないみたいだし。北野の異人館もいいなあ。そうだ、香りの家オランダ館でオリジナルの香水が作れるって聞いたことがあるから、興味があるかもしれないな」

「そういうあかりは、異人館に行ったこと、あるんか？」

探るように、拓馬が口を挟んできた。

あかりは、首を傾げて思案する。

「うーん。地元すぎて、いつでも行けそうな気がするからかなあ。まだ行ったことがないのよ。ラーラと――真波も誘って、みんなで行こうかな」

「観光地やから、よそから来た友だちを案内するときじゃないと、たしかに行かない気がするよな。ああ、そのときは俺も誘えよ。俺も行ったことないねん。一回くらいは行っときたいからな」

「そうね。人数が多いほうが楽しいかな」

あかりの言葉を聞いて、拓馬がよっしゃ！　とばかりに片手をあげて引き寄せながらガッツポーズをしたことに、そのときあかりは、まったく気づいていなかった。

あかりは、町を見下ろしていた視線を上へ向ける。

どうやら今日は満月らしい。

まん丸の月が、陽が傾いて橙色に染まる空に、薄く大きくのぼっている。

月を見ているうちに、あかりは、ラーラの話していた、月虹を思い出した。

月虹がかかるその風景が、どんな風景なのかはわからない。けれど、静かな月虹の下で優雅に踊るラーラを、あかりは見てみたいと思った。

「ねえ、拓馬。月虹って知ってる？」

「げっこう？」

「見た人を幸せにする、太陽じゃなくて月の光でできる虹のこと。白っぽくて色の淡い虹だから、白虹とも言うんだって」

「へえ、聞いたことないな」

「月虹、わたしも一度でいいから見てみたいなぁ……」

あかりは拓馬と並んで、ぼんやりと月を眺める。

そして、決心したように声に出した。

「よし。決めた。今まで毎日なんとなく過ごしてきたけど、目標を作ればいいんだ。ラーラに、この町を気に入ってもらう。真波とラーラをうまく引き合わせて、三人で楽しい関係を作る。これで、目下の悩みは解決しそうよ。——そうだよね。考え方を変えればいいことなのに、ひとつの考えに縛られて悩みすぎたかな、わたし」

「そやな」

間髪入れずに相槌を打ち、拓馬は少し考えたあと、言葉を続けた。

「以前のあかりは、少しのことで嫌やなとか面倒くさいとか言ってたけど、最近のおまえは、ちょっと前向きになったんやないか？」

「え？　そう、かな……？」

「ああ。前より能天気になったんちゃうやろか」

その言葉にツッコミを入れるように、あかりは拓馬のわき腹を小突く。予想をしていたのか、拓馬は怒らずに、声をあげて笑った。

そんな拓馬につられて、あかりも思わず破顔する。

「ほら、あかり、もう暗くなるから帰るで。おまえんちは通り道やから送ってってたるわ」

そう言って、拓馬は小公園の出口のほうへ体を向ける。

あかりは素直に頷いた。そして、もう一度、顔を上に向けて白い満月を見る。

無意識に、あかりは小さな声をあげた。

「――あ」

丸く真っ白に光る月をバックに、黒い影が浮かぶ。

瞳を凝らすと、魔女のとんがり帽子をかぶり、マントをはためかせながら横座りにほうきに乗る、ラーラの姿が目に映った。

あかりと目が合ったラーラは、満面の笑みを浮かべると、片手を上にあげる。そして、忽然と現れた杖を握ると、大きな円を描くように振った。

その瞬間、そろそろ暗くなり闇に沈みかけてきていた神戸の町の家々に、パッと一斉に灯がともる。

「うっわあ……。まるで、魔法みたい。――みたいじゃなくて、本当にこれ、魔法なんじゃない？　ラーラって本物の魔女なんだ！」

呆気にとられて、明るく輝く神戸の町を見つめるあかりの耳に、かすかにニヒヒという ラーラの笑い声が届く。

慌てて空を見あげるが、もうほうきに乗ったラーラの姿は、どこにもなかった。

「——そっか。魔女ラーラはこれから、魔女の集会に行くのかな……」

あかりは、自然と笑みを浮かべながらそう呟く。

そして元気よく振り返ると、あかりの名を呼ぶ拓馬のあとを追うように、小走りで駆けだした。

◇　◇　◇

十二月の暖かな日。

ラーラの家の庭に置かれた木製の椅子に、ジョンが座っている。ラーラはテーブルの上の彼のカップに、赤い色のハーブティーを注いだ。

「朝のハーブティーは、ローズヒップのハーブティーよ。赤くて丸い形と、レモンの十倍以上の量のビタミンCが含まれていることから『ビタミンCの爆弾』と呼ばれるの」

さっそくカップを持ちあげ、ひと口飲んだジョンは、パッと顔をほころばせる。

「甘い香りと、ほどよい酸味で、おいしいね。体の内側から温かくなるな」

それからジョンは思い出したように、隣のあかりの家へ視線を向けた。

「今朝は、お隣のお嬢さんは？」

「あかりは高校に行っているわ。今は学校の試験期間中らしくて、お昼前には帰ってくるそうよ。あかりを見かけたら、試験勉強の休憩にリラックスしにいらっしゃいと、お茶に誘いましょうか」

笑顔で言って、ラーラもジョンの前の椅子に腰をおろした。ハーブティーとともにテーブルの上に並べたクッキーも、ジョンにすすめる。

「シナモンとナツメグ、それにすりおろしたジンジャーたっぷりのユールドールクッキーよ。クリスマス前に試作したの」

ジョンは、人形型に抜かれたクッキーを手に取った。ユールとは昔から北欧に伝わる古い冬至祭で、現在では「クリスマス」の意味で用いられる。ユールドールクッキーは、両腕を胸やお腹に当てた形の、クリスマスの伝統クッキーだ。

香りのよいクッキーをかじりながら、ジョンは言う。

「そう言えばラーラ、あかりの前で、魔法を使ったんだって？　山田さんに聞いたよ」

「ええ。だってあかりったら、私が魔女だってこと、なかなか信じてくれないんだもの」

ラーラは頬をふくらませてそう言うと、すぐに破顔した。

「私が本物の魔女だと信じてくれたあとも、あかりはまるごと私を受け止めてくれたし、ますます面白がってくれてもいるわ」

「そうか。我々のことを理解してくれた上で変わらない付き合いをしてくれる人間は、とてもありがたいからねえ」

そう言うと、「吸血鬼のジョン伯爵」は、普段は他人に見えないように気をつけているギラリとした牙を光らせて、楽しそうに笑う。

「ええ、そうね。これからもあかりと、楽しいお茶の時間を過ごしたいわ」

ラーラは顔をクシャリと崩して頷いた。

そして草花があふれるハーブ園へ目を向けると、ラーラはニヒヒと笑った。


〈了〉

この物語はフィクションです。
実在の人物、団体等とは一切関係がありません。
本書は書き下ろしです。

■主な参考文献
『魔法事典』山北篤監修　新紀元社　1998
『手作り和菓子―四季を楽しむ』小菅陽子著　ブティック社　1998
『リアルな魔術の世界　魔女・魔法使い生態図鑑』レッカ社編　カンゼン　2013
『フラ・ダンスのはじめ』伊藤彩子著　WAVE出版　2014
『魔女の教科書　自然のパワーで幸せを呼ぶウイッカの魔法入門』スコット・カニンガム著　パンローリング　2015
『葬送の仕事師たち』井上理津子著　新潮社　2015
『「なるほど！」とわかるマンガはじめての他人の心理学』ゆうきゆう著・監修　西東社　2015
『てづくりお香教室』松下恵子監修　日東書院　2016
『魔女の12か月』飯島都陽子著　山と渓谷社　2016
『月と太陽、星のリズムで暮らす　薬草魔女のレシピ365日』瀧口律子著　BABジャパン　2017

国沢裕先生へのファンレターの宛先

〒101-0003　東京都千代田区一ツ橋2-6-3　一ツ橋ビル2F
マイナビ出版　ファン文庫編集部
「国沢裕先生」係

魔女ラーラと私とハーブティー

2019年3月20日　初版第1刷発行

著　者　　国沢裕
発行者　　滝口直樹
編　集　　田島孝二（株式会社マイナビ出版）　定家励子（株式会社イマーゴ）
発行所　　株式会社マイナビ出版
〒101-0003　東京都千代田区一ツ橋2丁目6番3号　一ツ橋ビル2F
TEL　0480-38-6872（注文専用ダイヤル）
TEL　03-3556-2731（販売部）
TEL　03-3556-2735（編集部）
URL　http://book.mynavi.jp/

イラスト　　ふすい
装　幀　　釜ヶ谷瑞希＋ベイブリッジ・スタジオ
フォーマット　ベイブリッジ・スタジオ
DTP　　富宗治
校　正　　株式会社鷗来堂
印刷・製本　図書印刷株式会社

 ISBN978-4-8399-6919-6
Printed in Japan